三大總編來開講

對談

矢板明夫
日本《產經新聞》
台北支局長

李志德
《端傳媒》
前總編輯

孟買春秋
菲爾·史密斯
《路透社》前亞洲金融、
南亞、北亞總編輯

2024不祇是選總統

你的一票決定台灣未來一百年！

孟買春秋喬伊斯
主持

玉山社編輯部
策劃主編

序言

喬伊斯：獻給昂首闊步的進步獨立島嶼

因為過去多年工作和生活環境的關係，我的朋友許多是外國人。

如果是媒體工作上的朋友，對台灣有約略的認識但通常不深入；如果是生活上的朋友，知道首都不是曼谷，位於太平洋。至於台灣的歷史，他們知道和中國有一點爭執，聽過蔣中正和毛澤東，還有現在有個女總統，在不少國際媒體雜誌上看過她。她看起來很聰明，很多朋友這樣說。

說風雨飄搖太誇張，但我們的國家的確一直處在一個不是那麼踏實的位置上，內部連自己的認同都有歧見，別人如何霧裡看花看我們就更別提了。然而過去幾年因為台灣在防疫方面的表現，加上烏俄戰爭的影響，這個在太平洋上的蕞爾小島，一躍成為世界各國和媒體的焦點。

如今世界對台灣的認識，不再是七〇年代外銷雨傘、聖誕燈飾的勞力國，而是掌握珍貴晶片的高科技巨人；不再是要反攻大陸爭中國主權的高壓集權之邦，而是在中國文攻武嚇下益發昂首闊步的進步獨立島嶼。

在師大路咖啡店對談的下午，三位資深媒體編輯從台灣，日本和西方的觀點，暢談他們對台灣與國際看法。身為台灣人的志德，加上來自日本的矢板和來自英國的菲爾兩位台灣女婿，侃侃而談對這塊土地的真切關心和喜愛，讓主持的我聞言時而頻頻點頭，時而記下自己從未想過的精闢觀點，上了最珍貴的一課。

希望在二〇二四大選之前，這些對談能給猶豫不決的台灣人，一些思考的方向。這個國家，還有所有的公共議題，需要更多人的熱情參與，才能更好。

喬伊斯

二〇二三年四月於八里左岸

菲爾・史密斯：首度成為萬眾矚目的台灣

幾十年來，台灣首度成為世界新聞的重中之重，而且是全球媒體新聞會議中的熱門話題。

在俄羅斯於二〇二二年二月入侵烏克蘭的同時，評論員、安全專家、記者和學者都開始談論台灣的未來。其中許多人對中國和台灣關係了解不足，從未定期關心台海局勢，更不用說歷史背景了，但他們還是很快就可以說出寫出數千字。

突然間台灣成為萬眾矚目的焦點，許多人爭先恐後就一個他們實際上知之甚少的主題撰寫、分析和發表意見，這實在令人尷尬。

「俄羅斯入侵烏克蘭：中國接下來會入侵台灣嗎？」這個標題，在俄羅斯進軍烏克蘭第二天突然出現。英國小報《每日快報》則在其頭版大肆宣傳：「台灣可能是下一個！世界屏息！普丁的入侵為中國樹立了先例！」

不少愚蠢的政客如英國保守黨議員埃爾伍德（Tobias Ellwood）之流，聲稱俄羅斯入侵烏克蘭不久之後，中國就會試圖奪取台灣。不過這種沒有事實支持的膚淺評論，很快就減弱了。

一年後的今天，其他因素的明智分析已經取而代之，例如半導體供應、例如俄羅斯入侵的後勤補給困難，以及世界對烏克蘭的壓倒性支持和對俄羅斯的高度制裁，這些論點在在都讓人停下來思考。

而烏克蘭的悲劇也對台灣投下一線希望，因為世界現在開始意識到台灣。我可以保證，如果你在二〇一〇年走進英國的一家酒吧並開始跟酒客討論台灣，沒有人會表現出任何興趣，或者能夠在地圖上指出台灣在哪裡。但是現在，台灣肯定會在吧台引起一場對話，然後討論很快就會進入現今美國當局對中國的不信任。

由於一九四七年至一九九一年的冷戰和數十部詹姆斯龐德〇〇七電影，蘇聯一直是西方的主要對手，因此他們習慣了對俄羅斯的普遍不信任。我在冷戰中期長大，年輕時的我真的很擔心軍備競賽和核武戰爭的可能性。

如今因為中國的舉動，尤其在過去十年左右，越來越多國家對中國對世界和平的威脅感到不安，而且覺得中國不值得信任。例如中國在南海的軍事集結、解放軍戰鬥機經常繞行台灣、台灣海岸附近的軍事演習，還有多位將軍和政客的好戰言論。不間斷的武力威脅，和中國想在世界舞台上舉足輕重的雄心背道而馳。

加上一帶一路和參與國的反應，中國意識到如果想尋求更大的全球影響力，就必須降低音量，開始變得更加友好並且減低攻擊性，因為這些都對他們不利。各行各業的經理人、教師、醫生、律師或是政治人物都會告訴你，要建立影響力首先需要建立信任。

近幾年在歐洲發生的事件，加強了台灣與其最重要盟友美國的密切關係，而台灣政府正在正確地利用這個優勢。同時其他的世界領袖，最近也紛紛發表支持台灣的言論，這在過去很少發生。

與一年前相比，現在有更多的世界公民了解或更加了解台灣的困境，在我看來，這對台灣只能是一件好事。

菲爾・史密斯

二〇二三年四月於八里左岸

矢板明夫：風雨飄搖的台灣，沒有選誰都一樣的條件

二〇二三年四月十二日，民進黨的賴清德主席被正式提名為二〇二四年的總統候選人。他提出了「民主、和平、繁榮」的三大訴求目標，我認為這個順序非常重要。

「民主、和平、繁榮」都是大家嚮往的，我想應該沒有任何一個主要候選人會反對。在這三項中，對賴主席來說，「民主」似乎是最重要的，台灣的民主前輩們，通過長期的犧牲與奮鬥換來的言論自由和免於恐懼的生活方式，是最值得捍衛的。

對別的政黨的候選人來說，或許「和平」比民主更重要，是他們擺在第一的優先順序。現在，要對岸打消武力犯台的念頭，唯有把台灣變成中華人民共和國的一部分，也就是接受對岸獨裁政權的統治。

如果為了換取和平而交出民主，放棄透過投票表達自己訴求的權利，就等於把自己的命運交到別人手裡、任人掌控。台灣有可能很快變得和香港、新疆一樣，軍警可以隨時隨地抓人，年輕人因為在網上的言論就被關入集中營。大家有仔細考慮過，這種和平是大家想要的嗎？

記得賴副總統幾年前說過，維護台海和平的定海神針是美國的《台灣關係法》，而不是對岸口中的「九二共識」。至於是美國值得信任，還是對岸的共產黨政權更值得信任，我想每個台灣人心裡都有自己的答案。

以前在台灣乘坐計程車，經常聽司機發牢騷說「藍綠政治人物都不能相信、選誰都一樣」。這句話，如果放在一個沒有外患的成熟民主國家來說，或許還說得通。但是，在風雨飄搖的台灣，卻沒有這樣說的條件。因為，如果你不小心選錯了總統，自己和家人的命運或許會發生非常大的改變。

有人說，台灣的主流民意是維持現狀，統派上台也統不了；獨派上台也獨不了。就像陳水扁當了八年總統，也沒有宣布獨立；接著馬英九又當了八年總統，也沒有促成和對岸統一。

這些人忽略了一個非常大的變化，那就是今天領導中國的，已經不是相對溫和的江澤民和胡錦濤，而是一個好大喜功、窮兵黷武、希望能夠在自己的有生之年完成所謂「祖國統一大業」的新獨裁者。

明年的選舉，如果支持和對岸統一的總統當選，即便他不立刻推動和對岸簽署所謂的和平協議，台灣至少會出現兩個變化。第一，是面對對岸的種種認知作戰，將不再像現在一樣嚴密設防。台灣的企業、媒體、軍隊將會在很短的時間內被滲透得千瘡百孔，台灣將失去自我保衛的能力。

第二，台灣的新政權會和北京頻頻眉來眼去，按照對岸的邏輯，去表述、應對各種國際事務，比如說「武漢的防疫非常成功，是對人類的貢獻」等等。新政權還會大肆宣傳疑美論、疑日論，和國際社會的民主自由陣營漸行漸遠。國際社會上支持台灣的力道，自然也會越來越弱。

到時候，對於這樣的變化，感到最高興的，自然就是磨刀霍霍的中國人民解放軍了。

這本書匯聚了李志德老師、史密斯先生和我，三個媒體人對台灣的政治現狀的看法和分析。有從台灣內部的解讀，也有從外面看台灣的視角，希望能為大家在二〇二四年選總統時，提供一些參考。

矢板明夫

二〇二三年四月於台北

李志德：愛丁堡的那一晚

二〇二二年八月二日晚上十時四十四分，美國眾議院議長裴洛西的座機在台北松山機場降落。

七個小時之後，我們一家人在愛丁堡一間民宿的客廳看著 BBC 晚間新聞，這是一次非常特別的經驗，一趟早就訂好的旅行，讓我們家裡兩個做新聞的人同時錯過了第四次台海危機。我們只能在千里之外看著外國同行描述自己家鄉的兵凶戰危。

三分鐘的頭條新聞是裴洛西訪問台灣，報導強調兩個重點：一、台灣是個完全實踐民主體制的國家；二、台灣的安全，對維持全世界經濟秩序的正常至關重要，配的是台積電晶圓加工的畫面。之後美國國防部發言人講話，再進松山機場畫面。下一節讀報時間，鏡頭照見裴洛西的名字連同台灣在《衛報》頭版上。

終於這一次，「全世界看到台灣」了，而且是主要時段的頭條新聞。這對台灣人是種「另類療癒」，撫慰了一種深怕「別人看不到我們」的不安。這種不安全感其來有自：在中國的打擊下，台灣長期被國際社會拒之門外，單獨承受著遭中國侵略、併吞的威脅。因此一旦台灣被世界忽視，我們不是變成遺世獨立的桃花源，而是被中國共產黨的極權吞噬——以「民族大義」之名。

其實，不管外人看不看得見，也不管是叫「中華民國」或「台灣」，從一九四九年以來，戰爭威脅始終是兩千三百萬人的日常，或許九〇年代之前中國國力不振，台灣人不認為中共有能力把戰爭帶過台灣海峽，但今時今日，各路專家的判斷越來越一致：共軍發動侵台，只剩下時機和意願問題。

越是在這樣的關口，或許我們台灣人越要成熟地思考戰爭與和平的關係。成熟的意思，是放棄只是用來拌嘴的直線思考，例如「不向美國買武器，就不會有戰爭」、「不要讓台灣變成烏克蘭」……等等。而是真正地深入國際政治最曲折複雜的一塊：並不是主觀上棄絕戰爭就能獲得和平，現實恰恰相反，只有準備好讓敵人付出得不償失代價的國家，才能夠避免戰爭。戰爭與和平，就是這樣一組既矛盾又統一的關係。

這是菲爾和矢板可以給我們的提點。矢板出生在中國，成長於日本；菲爾的新聞經歷遍及亞洲各地，在他們的眼裡，台灣不是世界上唯一面臨戰爭威脅的國家，很多其它國家、地區也面臨相同的處境，歷史脈絡不同，但國際關係的本質卻都相同。例如普丁宣稱烏克蘭是「俄羅斯歷史、文化及精神世界裡不可分割的一部分」，又以「烏克蘭納粹化」為出兵藉口。這些和中國共產黨口中的「台灣問題」幾乎一模一樣。兩相比較，或許我們就能理解，中共的話術，與其說是「民族大義」，不如說是強權擴張的藉口。

台海危機中，多年前認識，但久沒聯絡的中國同行發來問候訊息，我回答台灣人神經大條，一切都好。對方反而語重心長：「我认为台北是华人的文化首都，也是可见的华人能够生活的最好的制度环境。台湾如果沦陷，中华文化万古如长夜。」

事實上我們的座標系不只華文世界，對照全世界，台灣的處境更不是「獨一無二」，更多善良、文明的國家和社會，也都面臨著和台灣一樣的威脅。每個地方的不幸都應該被看到，就像國際媒體關注烏克蘭，也觀照台灣，當台灣人長年期待的「被看見」果然來臨時，或許不辜負它的最好方法，是反過來也向世界承諾，台灣人有守護人類進步和文明的勇氣。

李志德

二〇二三年四月於台北

目次

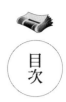

第二章 新冷戰下的台灣

第三章 新冷戰下的中國

第一節・中國未來大預測

第四章

新冷戰下的國際關係

進入正題前的破冰暖身

1. 三位現任或曾任重要媒體的總編輯對彼此的印象

喬伊斯：跟兩位第一次見面，我先生菲爾當然對你們兩位沒有什麼認識，因為他看不懂中文，不過我已經向他介紹過你們。關於對兩位的印象，我來說好了。

知道李志德先生是因為菲爾在台大新聞所開課時的學生介紹，我才知道你對中國蠻有研究，之後我也去看了你的書《無岸的旅途》，志德在這方面有比較深入的研究，而且是不枯燥、不說教，比較容易懂的。

至於矢板先生的話，是在台灣大家都知道的一位日本記者，不過也是我回來台灣之後才知道這個名字，不用客套說我知道兩位很久了，都不是，是我回來台灣之後才開始認識的。我對矢板先生的第一印象，是他的文字給我一種既定的日本人非常有禮，不會要跟你爭辯的印象，不像我自己是脾氣比較衝的，不同意的事我會吵回去，他不會。我非常喜歡讀矢板的文章的原因，就是他的敘事口吻很溫和，而且是有一個道理在裡面的。我對他們兩位的看法，大概是這個樣子。

矢　板：請問你們住北京是什麼時候？

喬伊斯：我們住在北京是奧運剛結束的時候，二〇〇八年奧運結束之後我們離開印度，然後在北京住了四年。

矢　板：四年啊，那基本上我們是同一個時代在那個地方。

喬伊斯：喔！但是沒有機會遇到。

矢　板：我是二〇〇七年初到二〇一六年底嘛，你們是在《路透社》對嗎？

喬伊斯：對，菲爾是《路透社》的，因為他沒有跑新聞了，他是《路透社》的北亞總編輯。

矢　板：《路透社》裡有一位戴著圓眼鏡的那個，林……。

喬伊斯：林洸耀[1]。（矢板明夫：對對對。）喔，我們同一時期都在北京，他目前還在北京，志德也認識吧？

李志德：林洸耀我認識。

喬伊斯：他也認識 Ben。

菲　爾：在中國大家都認識 Ben。（笑）

喬伊斯：我們住在北京的時候，菲爾是北亞的總編輯，他負責中國、日本、韓國、台灣、香港這些地方，他很少出去跑新聞，因為他的工作比較是跟管理相關，比方說外交部對新聞有意見的時候，就會把外媒的社長還是誰叫去對不對？他們會找菲爾去喝茶，然後說「你們這個寫得不好，對我們很負面」什麼的。他是記者出身的，不過在北亞的時候他的工作是新聞部、管理部，所以跑新聞的時候應該不會遇到。

矢　板：看到您的經歷，知道一起在北京那個比較艱難的環境下度過，我也經常被叫去喝茶嘛。所以說，覺得很有這種戰友的感覺。

我也是在台灣才看到孟買春秋的，因為剛開始我也不知道這是一個人還是兩個人，但我覺得是戰鬥力很強的一號人物，比如說，對台北市前市長柯文哲的一些批評等等，就是本土意識非常強，對捍衛自由民主價值觀是非常清晰的一個印象。

1　林洸耀（Benjamin Lim，1959－），曾任北京《路透社》社長，二〇一八年七月自《路透社》退休後，二〇一九年加入新加坡英文媒體《海峽時報》。出生於菲律賓，曾在菲律賓學習機械工程、在台灣學習中文。一九八四年，他開始為台北《英文中國郵報》工作，之後就職於《法新社》，一九九一年加入《路透社》台灣分社成為特派員，一九九四至二〇〇〇年在北京工作，二〇〇三年至今常駐北京。

那關於志德兄就是過去你上過節目嘛，在台灣媒體人裡面是一個跨越很廣，對中國也很了解，很能夠非常冷靜地去闡述問題的一個媒體人。怎麼說呢，這個我覺得是在現今台灣媒體大家選邊選得非常激烈的情況之下，志德兄算是立於一個比較冷靜難得的位置。

李志德：我也是一樣，對孟買春秋的印象就是戰鬥力很強，我覺得記者有的時候在訓練裡面常常有一個誤區，就是故作中立，說不定我自己有時候都有這個問題，假裝自己很中立。但是我認為在價值觀選擇這個事情上不需要中立，所以我覺得孟買春秋是非常清楚地去表現你的這個價值觀。

那矢板先生的話，其實我對他最大的印象是這個人很幽默，就是他任何的發言，都可以用很幽默的方式去表達，因為很幽默，受眾都很容易接受。

我對兩位總的一個印象就是，其實我自己在臉書裡有寫過，我非常珍惜「外人」的觀點，包括矢板是外人、菲爾是外人，那也包括汪浩[2]是外人、富察[3]是外人，就是說，我覺得台灣人自己看事情，我們很長一段時間有既定的印象、既定的議題，其實都限制了我們的想法。

譬如說剛才我們開始在暖身的時候，就問到中國人能不能跟中國政府分開來，其實很長一段時間，比較開明的統派會這樣告訴我們說：「中國壞是壞，中國共產黨是壞的，但中國人民是好的。」但是這個命題到底是不是成立？菲爾進來就一語道破：比方說北韓，你今天有辦法把北韓政府和北韓人民分開來嗎？或者是當他就真的死心塌地地效忠那個政府的時候，我還要把他分開嗎？他自己都不想分開了，你怎麼把他分開呢？所以我覺得外人有一種格外「清明」的見識，有的時候其實對我們來講非常非常的重要。

2 **汪浩**（1965－），出生於中國上海市，英國公民，目前定居於台灣台北。北京大學法律系畢業，英國牛津大學國際關係博士。前投資銀行家、作家，著有《借殼上市》、《意外的國父》、《冷戰中的兩面派》，擅長以法律、國際外交角度書寫台灣現代史。

3 **富察延賀**，二〇〇九年底在台灣創辦八旗文化，希冀重塑中文世界對東亞社會和歷史的認識。二〇二三年三月赴中國探親後，在上海被中共的國安單位秘密拘捕。台灣文化界、NGO 團體有超過三五〇位知識分子發起連署聲援富察。二〇一七年至二〇二二年被中國強迫留置、有類似經驗的 NGO 工作者李明哲投書表示：「中國政府真正的目的在出手壓制華文世界最自由開放的台灣出版業。」

第一章

選錯總統怎麼辦

2.二〇二四年選錯總統怎麼辦？

喬伊斯：好，我們進入主題「二〇二四年總統選錯怎麼辦」，我自己覺得這個命題有一點主觀，總統選錯，什麼樣叫錯？什麼樣叫對？我想我們應該討論的是，二〇二四年的總統選出來，會有什麼樣的結果，或是有什麼樣的效應？如果是誰有什麼樣的影響？你們有什麼看法？

矢　板：我覺得選總統的話，其實並不存在對錯的問題。因為現在在民主社會裡面，大家都是在公開的資訊之下去投票，做出自己的選擇。那麼選對選錯的話，每個人投的每一票都覺得自己選擇是正確的。但是選完總統後你想要的是什麼東西？有的人是不想要戰爭，希望和平，這是非常重要的；有的人是想要捍衛自己自由民主的一個生活方式，其實這個也就是台灣最重要的問題。

換言之，如果在日本，或者在美國，或在任何國家裡面，你做任何選擇的話，不會牽扯到可能失去和平，也可能不會失去自由民主的生活方式，那頂多是經濟可能不太好一點點，或者是比如說「我不喜歡廢除死刑」，或者是「不喜歡同婚」這種價值觀的選項，但是在台灣卻不同——你選錯的話可能就會引來戰爭，可能就會失去自由，自己變成奴隸，失去現在這整個國家的根本。所以這是一個非常重要的選擇，現在我只能這麼講，就是說選總統，每個人心中都有答案，每個人都認為自己選擇的是對的，但是這是一個非常非常重要的選舉。

李志德：我接著剛剛矢板先生談的事情，就是說，在剛過去的那個市長選舉裡面，大家覺得「亡國感」這件事情好像過去了，但我自己的判斷是不會啦，就是二〇二四年之後，我們也會談到這個問題，選舉主軸還是「亡國感」，而且是加倍的、加倍的「亡國感」。

回到選總統這件事，就是選錯怎麼辦？我自己對「選錯」的定義是：這個總統當選人的政治路線，會使得我們現在的生活方式、我們所喜歡的制度完全喪失。它會怎麼喪失呢？它會落實在危機可能發生、面臨要發生、或者已經發生的時候，喪失了抗壓力。

從烏克蘭的例子我們可以看到的是，在危機即將發生的時候，領導人可以堅持住，然後在戰爭剛發生的三、五天之內，這個領導人可以堅持抵抗而不投降，因為那是最容易投降的時候。所以我會覺得，未來的總統非常重要的一個品質，就是在面臨危機，或者是危機剛發生的時候，他能夠持續抵抗，有那個堅持抵抗下去的意志。其實撐過了三天、四天之後，雖然情況不會慢慢變好，戰局還是會變糟，但是那個抵抗的意志會在前三天之內確定下來。一旦確定下來，我們就會有希望，會有對抗下去的勇氣。我覺得那個品質是重要的。

菲爾：是的，我認為那是對的。世界的趨勢是年輕人越來越不投票，因此很多時候，選舉的結果取決於年長的人，傳統上台灣的老年人似乎比較傾向於國民黨，年輕人傾向於支持民進黨。純粹就年齡來考慮，年長者比較想要安靜的生活，不希望中國變得超級生氣，所以認為投票給國民黨可能會奏效。換句話說，投給國民黨，表面上似乎會讓事情比較平靜。但是年輕人不一樣，他們還有很長的生命，多數人會繼續住在台灣不會離開，他們應該要投票選擇擁護民主。

無論誰接手，主要的討論都將是讓我們不要與中國發生大爭端，不要把整個事情搞得一團糟。投給國民黨或許可以過安靜的生活，但中國並不會善罷甘休。對我來說，如果年輕人出來投票給民進黨，那是比較合理的。如果年輕選民不離開這個國家，他們應該投票支持更多的民主，並將其延續到餘生，因此我認為觀察選票模式的人口統計學會很有趣。

正如你們所說的，這將為未來奠定基礎。我知道有一種說法，認為國民黨政府會盡其可能來平緩與中國之間的關係，而民進黨政府則會做很多事情來翻攪整個局勢。投票給誰，取決於你對未來的認知或是期望。

但對我來說，最有趣的事情之一就是看看年輕人是否會投票支持民進黨。我要說的是，如果是我的同齡人，二十年後可能都已經過世了。這些人會試著告訴自己，投票給國民黨可能會有一個平靜的生活。

這次選舉的重點是中國，這就是問題所在。台灣的一切都算是在軌道上，經濟還行，能源政策沒什麼大問題，還有醫療服務也沒問題。所以我認為這是單一問題的選舉，就是中國，而且全世界都會注意這場選舉。

喬伊斯：基本上菲爾的看法跟兩位也是一樣的，就是對台灣而言，這是一個非常重要的選舉。他是站在一個外國媒體人的角度來看，當然他對台灣的了解很多是透過我，對中國跟台灣的了解比較廣泛，不像我們深入地去看當地的議題，是比較從外往內的看法。

菲　爾：關於台灣的選舉，我發現到跟以往完全不同的事，那就是世界已經意識到台灣。如果是十年以前或前幾次選舉，台灣選舉在英國報紙上可能只有一個小小的方塊上的兩三段報導，上面寫著：「哦，民進黨（DPP）贏得了台灣選舉」。但是現在這可能會是頭版新聞，全世界都感興趣，全世界都關心。

像兩位這樣的資深記者會立刻知道：「我一定要寫很多有關這次選舉的新聞。」選舉結果可能會對中國產生雙面效應，所有的新聞事件都是如此。很多西方人以前並不真正知道烏克蘭在哪裡，大多數美國人也是，但是他們現在知道了。所以我認為明年一月的台灣大選是非常有趣的選舉，舉世矚目。

3. 對蔡英文政府的看法為何？怎麼看二〇二二年地方選舉？

喬伊斯：說到選舉，在蔡英文政府的最後一年，去年地方選舉民進黨大敗的意義是什麼？

李志德：菲爾剛才講的那個事情，其實我自己有一個很特別的個人經驗，就是南西・裴洛西[4]來台灣的時候，那個時候其實我人不在台灣，正和家人在英國旅行。菲爾講到說，台灣的議題以前可能根本國際新聞都上不了，但是就在裴洛西離台後，中國緊接著宣布在台灣周邊演習的時候，我們坐在愛丁堡的一個民宿裡面，晚上八點鐘看著 BBC 的新聞，第一條就是台灣，第二條也是台灣，而且還和台灣連線。那個感覺很特別：我們是台灣人，但是那時候我們在離台灣千里之外的愛丁堡，看著 BBC 報著我們家鄉的新聞，而且擺在黃金時段（prime time）晚間新聞的第一條，我覺得那個感覺真的非常非常的特別。

當然我們也看到了，外國媒體其實對台灣是非常陌生的，他們在新聞稿裡面，一定要從頭交代，一九四九年的時候發生了什麼什麼事，於是有今天台灣的問題。但是當時 BBC 的報導，有一段讓我印象非常深刻，就是它在文稿裡面直接寫到，台灣的安全對於世界的經濟秩序至關重要，是最重要的事情，然後配合的畫面就是台積電（TSMC）工廠裡面的畫面。

菲　爾：的確，這個世界現在有了台灣意識，也有了台積電意識，多數人都知道台積電這家公司，或是至少知道晶片是一家台灣公司製造的。我認為下一任台灣總統的主要工作之一，就是讓台灣繼續在世界舞台上成為新聞焦點。這對台灣的未來非常重要，因為很多事情很快就會被遺忘，台灣必須確保不會被忘記。

喬伊斯：怎麼樣選總統，我想大家都有一個共識，民主選舉不是對錯的問題，而是你要選擇什麼樣的總統？你希望這位總統把台灣帶往哪個方向？現在烏俄戰爭已經把台灣推上國際，甚至為台灣帶來前所未有的能見度，接下來的這場選舉對台灣是非常關鍵性的。

矢　板：我先講一下對蔡英文總統政府的評價。總體而言，我覺得做得很不錯。我

4 南西．裴洛西（Nancy Patricia Pelosi，1940－），美國歷史上第一位女性眾議院議長，二〇〇七年至二〇一一年以及二〇一九年至二〇二三年擔任美國眾議院議長。二〇二二年八月二日至八月三日，裴洛西在其擔任美國眾議院議長任內率領眾議院訪問團訪問台灣。

認為一個政府最重要的要做幾件事情：第一，要保障國民生命財產的安全，這是一個政府最大、最重要的責任。台灣正好面對這麼嚴重的疫情，這次民進黨的防疫團隊，在全世界的團隊裡面，他們的成績是名列前茅的，台灣沒有出現巨大的疫情災荒和恐慌，所以我說這是做得非常非常好，在全世界比起來，當然不是滿分，但是就生命財產的權利來說，是獲得最大程度的保障了。

第二呢，就是保衛國民的自由人權，這是最重要的，讓大家有自由的環境、言論自由、有人權，這一點呢，我認為是做得非常努力。當然會有一部分人批評自由被限制了、言論自由被限制了，這是一部分人的批評。但總體上我認為，在努力地捍衛這個價值觀上，也做得滿不錯的。

第三點呢，就是讓國民活得更有尊嚴，更能受人尊敬，這一點剛才有講到，台灣在國際社會上的能見度也在提高，這點我覺得做得非常好。

還有第四點，是能不能發展經濟等各方面，讓台灣國民的生活變得更好？我覺得政府其實最主要就是這四樣工作。那麼生活有沒有變得更好呢？有一部分人好了，有一部分人不太好。這是因為現在有戰爭、有疫情、有通膨，外在的條件非常多，但是歸根結柢還是執政黨的責任。去年地方選舉大家投票對執政黨表達不同意，就是很多人認為我的生活沒有變好，我覺得這是一個非常非常重要的原因。

李志德：我也覺得前陣子執政黨在地方選舉的失敗是兩個因素造成的：第一個總體的國際情勢，或者是對中國的關係，其實那不是地方大選的主題。包括我覺得執政黨自己都不太去宣傳這件事情，或者是說，可能有點害怕，很怕人家批評說，我們在選市長，你一直講這些對中國的議題幹什麼。所以我認為民進黨沒有辦法把議題拖到自己擅長的領域裡面來。

至於以一個政府執政，我認同矢板先生講的，總體來看其實是非常好的，但是落實到微觀的層面，譬如說一個一個縣市的施政，特別是你在當執政者時，很難做到百分之百完全沒有問題。所以有一些東西它就會被放大，而且我認為就事後來看，就是過度放大。譬如棒球場建得好不好啊，或者是論文寫得對不對。（喬伊斯：現在已經到足球場了。）哈哈，對，就是說現在這種東西到底怎麼樣，在一個以地方議題為主的選舉當中，這些議題就會被放大，過度放大之後，就成為了決定性的因素。

第二我覺得是一個長期的因素，以台灣的媒體生態來講，對於地方新聞的經營，或是對地方政府的監督，幾乎退化到零的地步。所有媒體的地方新聞，全部都只剩下公關稿，那麼大的縣市只有一個採訪記者的話，就只能大量依靠警察局給的一些東西，或者是市政府的公關稿讓記者每天都能交差，監督地方政府的能力幾乎到了零的地步。在這種情況之下，地方真正重要的議題沒有辦法被突顯出來，所有的問題都是一些比較虛的問題在那裡燒，發生決定性因素的也是這些很虛的議題。

矢　板：我稍微補充一句，當了這麼多年記者，見了很多奇奇怪怪的事情，但是棒球選手負傷怨市長的，還是第一次聽說過。（笑）所以這是我覺得台灣新聞很奇葩的事情。

喬伊斯：哈哈哈，這還只是其中之一，所以菲爾你怎麼看蔡英文政府？還有對地方選舉大敗有什麼看法？

菲　爾：關於蔡英文政府，我認為台灣目前的政府在治理國家方面做得相當好，我的意思是不論在經濟運行方面，還有他們出色地應對 Covid-19 新冠病毒的方式，都遠遠好於世界上許多國家，包括已開發國家。

而說到去年底的地方選舉，那是執政期中選舉，我的經驗是許多國家的期中選舉通常並不那麼有決定性。這種投票往往是「抗議性投票」，選民對和日常生活有關的政策感到不滿，而這種不滿是一定的，是地方性的，但是全國性大選不是。當你回顧這種期中選舉，特別是在英國和美國，可以發現地方選舉失敗並不意味著在全國性大選中就會失敗。

想想看二〇一〇年的歐巴馬，第一任期，全新的政府，一個黑人在管理白宮。對很多美國人而言，這是個全新的局面，但在兩年後的期中選舉，歐巴馬遭受到了重大打擊，他自己也描述為「重大挫敗」，這也改變了共和黨和民主黨在國會中的平衡。這對民主黨來說是一個非常糟糕的結果，但這個挫敗並沒有延續到另一個階段，因此可以看到這並不意味著在下一次選舉中失敗。

在英國也一樣，因為前首相強生的荒誕言論還有國會中的醜聞，執政的保守黨在地方選舉中表現非常糟糕，地方選舉反對黨席次增加，不過我還是不會把錢押在保守黨會輸掉下一次選舉。（笑）

我只是要說明其他地方的現象，就是期中選舉失利是正常政治週期的一部分，不一定會對未來全國大選產生決定性的影響。

喬伊斯：但是你說的這個現象，並沒有考慮中國因素對台灣的影響。

菲　爾：當然，在地方選舉中，你可以為地方政策投贊成票或投反對票，但全國大選就不一樣了，中國會是最大的因素，因此我認為此時沒有必要看地方選舉，全國大選是關於更重大的事情。我認為台灣總統選舉將是一個單一議題的選舉，就像英國脫歐是一個單一議題的選舉一樣，那是所有人都會思考的問題。

喬伊斯：我覺得比較有趣的是，菲爾完全聽不懂你們在說什麼，而且我也還沒有翻譯，但菲爾的看法和矢板講的非常類似，就是台灣在經濟和許多方面都做得很好，但竟然有選舉大敗的結果。但是對於這個期中選舉的失敗，他有一個比較沒有那麼悲觀的看法，就是所有的政府，所有的執政黨，在蜜月期結束後的期中選舉多半會面臨失敗，即使像美國寄予厚望的歐巴馬，兩年後的期中選舉他還是大大的失敗了，但是他還是連任。期中選舉是非常地方性的，執政黨當然沒有做好，但是如果到了全國大選，焦點又會回到全國性關注的主題上面，就是「中國」。

4. 對於政治人物，台灣人喜歡造神後毀神

喬伊斯：就我讀的國際媒體看來，蔡英文顯然是非常受外人推崇的，已經擠上全球最受矚目的政治人物之一，我自己認為她大大地影響了外界對台灣的看法。關於台灣的政治人物或者是近代的政治人物，你們有沒有特別推崇或是欣賞什麼人？

李志德：我們現代談政治，特別是民主化以後的政治，就不太跟隨、推崇哪一個整體的政治人物——他的方方面面我們都跟隨，然後都肯定，認為都是好的喔，我覺得那只有共產黨、極權主義像朝鮮金家啊、習近平啊、毛澤東才可能這樣。

我認為一個比較成熟的政治評價，其實永遠就是看他的一部分，或者說我寧願看他好的一部分，所以看到這個題目時，我去想了一下每一個總統我覺得值得推崇的部分，當然他一定也有做得很不好的部分。

如果只說推崇的部分，我們按時間來講的話，譬如說蔣經國，我不認為他是主動放棄權力的，他是被迫的。但是哪怕是被迫放棄權力的獨裁者，都還是可以得到一些肯定的。因為他也可以選擇殺人，哪怕殺人的結果讓他自己也垮台，但是他在最後的情況下，還是沒有做出那個選擇，我推崇他這個部分。

那李登輝總統，當然國民黨黑金的那個部分是被人批評的，但是我覺得他用「中華民國在台灣」建立了現在台灣的國家主體性，在政治論述跟法律論述上面的橋接，那個過程是非常精彩的，這是第一點。

第二點我覺得李先生是之後涵蓋他在內的所有總統當中，唯一對中國有這個……這個詞有點……我要考慮一下，就是說有「鬥爭意識」。當然鬥爭意識好像不是很好的詞，但是他是唯一有意識到，今天必須要靠著思考中國的前途，甚至去改變中國，才能讓台灣活得好，活得長久。我覺得李登輝這個意識非常精采，成就他成為台灣近代最重要的一個總統。他會去跟中國共產黨鬥爭，後面所有的總統都沒有這個志氣，他是志氣最高的。

那陳水扁總統，當然他執政末期的貪腐有問題，但是他對人才的培育，特別是民進黨政府裡面人才的培育。其實到蔡英文執政初期都在吃陳水扁的老本。蔡英文上台後的第一個行政院長林全[5]，是陳水扁在台北市政府時期任用的財政局長，林全是陳水扁拉到政治圈裡面來的，蘇貞昌當然就不要講了，在陳水扁時代就培育他們幾位所謂四大天王，分別去做行政院長，所以對於民進黨執政人才的培育，我認為這是陳水扁非常值得推崇的一點，其他當然也還有。

馬英九的話，我願意肯定他一件事，就是他從競選到執政的初期，一度出現過的本土化路線——就像流星一樣一閃而過的本土化路線。他總結為「新台灣人」。我認為那是國民黨大概從蔣經國以來，最接近本土化路線的一段時代。但他後來沒有辦法堅持，就是包括來自共產黨的壓力，包括國民黨內部的黨內結構造成的。（喬伊斯：他肯嘗試。）對，我欣賞他這個嘗試。

蔡英文的部分，除了李登輝，我覺得最重要、對台灣最有貢獻的一個總統，應該是蔡英文。而且戰爭啊、武力這些事情，通常被認為是很男性、很陽剛的事，但蔡英文是位女性，偏偏她對打造一個陽剛氣質的軍隊特別有貢獻，我覺得這是一個很有趣的議題。

蔡英文對國防的貢獻，在我看是非常高的。好比我們常常把現在服役的這一批裝備叫做「二代兵力」，這個「二代」是相對於國民黨遷台初期、冷戰初期水準的軍事裝備，之後由蔣經國、李登輝總統建立現在的「二代」兵力。到了蔡英文手上，開始了第三代，從兩岸分裂七十年的時間來看，可以看到蔡英文任期對國防的貢獻，有個里程碑的意義。

5 林全（1951－），中華民國無黨籍政治人物、經濟學者，生於高雄市左營區海軍眷村自治新村，外省第二代。現任總統府資政，曾任行政院長、新境界基金會執行長、小英基金會執行長、財政部長、台北市政府財政局長、行政院主計總處主計長、國立台灣大學經濟系教授、中經院副研究員。

矢　板：我對政治人物的推崇期待，基本上不是很多。日本有句話說：「這些政治人物啊，除了人精就是人渣！」一般來說，人精加人渣是比較多啦，但凡有一點溫良恭儉讓的，從政第二天就被淘汰了。所以說呢，日本人對政治人物基本上沒有什麼太多的推崇。怎麼說呢，日本過去有一個法務大臣叫秦野章[6]，他曾說：「向我們政治人物尋找道德良心啊，就好像你去蔬菜店買魚，我們沒有。」這是一個比喻啦。（眾人大笑）

從政的本質就是利益分配嘛，講到利益分配的話，你必須對所有人說好話，然後把利益分給一部分人。我覺得日本人基本上對政治人物都很冷靜看待，但台灣是一個蠻奇怪的地方，在台灣呢，大家還把政治人物當成神一樣來供奉膜拜的人很多，有很多鐵粉是非常熱情的。而且我發現台灣的政治人物、媒體從來在重複的同一件事，就是先造一個神，然後把他毀掉。這個是從李登輝一路以降，後來陳水扁、馬英九、韓國瑜、柯文哲……，一個個都是塑造起來的神。破滅是成長的開始嗎？（笑）

我是一九九六年、九七年的時候第一次來台灣，當時台灣媒體正在造神，那時李登輝已經過去了，新造的神叫宋楚瑜，我學了一個詞叫「全省走透透」，對不對？當時看台灣媒體，哇！好像宋楚瑜是蔣經國再世，所有的優點都有了，但是你看現在宋楚瑜都被毀成什麼樣子了。（笑）所以說前不久不也是造了一個神叫陳時中嘛，這個基本上一兩年了，從那麼本土、那麼鄉土、那麼努力的一個人，後來就被人誣指是「鹹豬手」[7]了。（笑）

這些都是很快的改變，所以我覺得這是台灣社會的一個問題：大家不停地在造神！馬上要到總統大選，這之前可能又有新的神被造起來，但是這些新寵估計賞味期間也不會很長。在我來說，我認為對台灣來說最重要的，就是捍衛自由民主的價值。因為就日本來看，誰跟自由、民主、人權這些

6 **秦野章**（**1911-2002**），日本政治家。曾任日本第六十七代警視總監、參議員，並於一九八二年第一次中曾根內閣時就任第四十一代法務大臣。卸任後曾擔任《東京電視台》「秦野章辣口批評」與《日本放送》「秦野章直言批評」兩個政論性節目主持人。其立場支持中華民國，一九九四年獲時任台灣總統李登輝接見表達感謝。

7 二〇二二年縣市長大選期間，國民黨台北市議員徐巧芯抹黑民進黨台北市長候選人陳時中在餐敘後伸出鹹豬手；陳時中競選政策總召集人管碧玲也以照片反擊，指出那是走到有高低落差的階梯時，大家互相扶持的畫面。

普世價值站得最近，誰就最重要，我覺得這個可能是對台灣比較好的狀態。

那麼對於中國，這個部分太複雜了，有很多人是因為血緣，或者是文化上的嚮往中國。要如何分辨是否可信，我覺得最簡單的方式就是看「烏俄戰爭」，在台灣凡是那些天天替俄羅斯說話的，或者說俄羅斯他有他的立場、他有他的難處的，那群傢伙我全不相信，完全不能相信，就這麼簡單。

菲　爾：我同意這一點，我認為全球政治人物和領導者的素質正在下降，可以說自從第二次世界大戰以來就是這樣，甚至是一落千丈，例如川普和強生就是很好的例子，顯示了領導人全球性的墮落。

如果你讓像是江湖騙子的人上台，他們就會讓你徹底失望。例如，英國任期最短首相特拉斯[8]，任期只持續了四十多天。川普說謊，他下台了；強生說謊，他也下台了。

當政治人物得到他們想要的權力地位時，的確很容易會改變，人們也很容易被政客愚弄。在我看來，台灣目前的政府看起來像是由政治家在管理，他們很理智也很務實，比英國好多了，英國政府目前是一團糟。

幾年前，英國有一家報紙抨擊一位反對黨的國會議員，報導的標題是：〈你能想像這傢伙和歐巴馬、普丁同處一室嗎？〉我認為這是看待政治人物很好而且也很簡單的標準。當你把一個政治人物和兩個成功的世界領袖放在一起，這裡的成功不是指好壞，你可能會立刻得到一個答案：「不，我無法想像這個人和歐巴馬或是普丁交談。」因為他們顯而易見不在同一個層次上。

---

8 **莉茲．特拉斯**（Mary Elizabeth "Liz" Truss，1975－），又譯為**卓慧思**，前英國首相（2022/9/6－2022/10/25），英國保守黨政治人物。她創下許多歷史性紀錄，是英國女王伊莉莎白二世任命的末任（第十五任）首相，也是新王查爾斯三世的首任首相，更是英國歷史上任職時間最短的首相。另外，她也曾是一千多年來英國首任女性大法官（曾於二〇一六年至二〇一七年出任司法大臣兼大法官）。

李志德：我可不可以請教菲爾一個問題？就是剛剛提到說，從二戰以來領導人的品質每況愈下，有沒有一個因素，是因為現在的媒體對於政治人物越來越聚焦觀察，而且會努力地去挖掘他的私生活？譬如說，最極端的就以邱吉爾來講，邱吉爾的生活習慣是很可怕的，他如果活在二〇二〇年代政壇的話，那他可能也沒有辦法達到那樣的一個位置。

喬伊斯：如果是現在，他說不定無法達到。

李志德：對，他可能存活不下來，因為他的私人生活習慣，會變成無數八卦小報的材料。

菲　爾：是的，這是真的，而且我認為社交媒體使情況變得更糟。政客們當然選擇私下處理事情。但是在現在的網路世代，他們不可能擺脫八卦的追逐，比較讓人擔心的是從政者缺乏政治家風範。例如歐巴馬，我認為他是個政治家，他會說話；可以溝通交流，有好主意。當然他也有不好的主意，但基本上他是個體面的政治家。

喬伊斯：關於台灣的政治人物，我知道菲爾很欣賞蔡英文，因為他認為一個國家的領導者必須要有一個風範，要有比較務實的態度，要放得上檯面，就是要夠體面。這裡的體面不是指外表，而是言行舉止，在公開場合發言和呈現自己的方式。他認為台灣目前的領導者蔡英文最大的一個好處就是，你把她拿出來，是國際上認為「啊，挺不錯」的政治人物（李志德：是稱頭的），對，是很稱頭的一個領導者。他還很欣賞陳時中，認為他很沉穩也有政治智慧。

5.二〇二四年台灣總統大選決定勝敗的因素會是什麼？

喬伊斯：關於台灣總統大選競選的主軸，我們剛剛已經大概談過了，就是中國議題。至於朱立倫領導下的國民黨，你們有何評價？如果國民黨無法除掉

「親中」的標籤，對台灣而言會是什麼樣的政黨？

矢板：是不是朱立倫，我們還不好說啊，我覺得國民黨呢，有一個死穴叫「九二共識」[9]，只要民進黨一點死穴，馬上就半身不遂。所以每次選舉，只要國民黨爬上來，不管誰上來，只要留著這個死穴，到時就會被民進黨一陽指點穴，一點穴就半身不遂，沒辦法打這場選戰了。所以說，怎樣把九二共識這個歷史包袱拋下去？我覺得國民黨有意逐鹿問鼎的政治人物現在一直不願意把話說明白，比如像侯友宜，應該一句話還沒說過吧。（李志德：對。）我認為國民黨的總統提名，目前侯、郭、朱都還有機會。而在這場警察、商人和會計師的競逐角力之中，每個人都一直在算計得失，誰也不願意把自己的理念說清楚，實在是一件令人遺憾的事情。

所謂國民黨親中不親中，就是在看能不能把「九二共識」這個已經「passé（過時）」的東西拋棄。換句話說，今天台灣的處境是什麼呢？就是台灣對面住了一個恐怖情人，天天威逼要跟你結婚，恐怖情人說當年我們有過婚約，這個就叫九二共識。然後呢，你要是像蔡英文一樣說沒有，那恐怖情人就是騷擾嘛！我們沒有要結婚，你逼著我結婚要怎麼辦呢？這時鄰居比如像日本也過來，警察美國也跑過來，「欸，這不許騷擾啊！」但是若你說這婚約是有的，鄰居日本就覺得「喔，那你們自己解決吧」，鄰居便走了。那警察覺得我們又不能介入家事，警察也走了，台灣明顯就陷入危險之地了！這個道理大家都明白嘛，所以你說有沒有那個婚約？這個是最重要的。

但是國民黨呢，永遠拋棄不了，總覺得有婚約。一旦有婚約，台灣問題就會變成中國的內政問題了，我想國際社會接受不了，台灣的大部分選民也接受不了，這是國民黨永遠的包袱。換句話說，如果把這個包袱丟掉的話，那就是非常強的。

9 **九二共識**是指中國海協會與台灣海基會，在一九九二年經由香港會談及其後函電往來，所達成的非正式共識。因當時雙方未進行官方正式簽署協定文件，只存在非正式的口頭協商與電文往來，對於實際上的共識內容為何，長期成為爭論焦點。

所以我常講，過去的民進黨主軸是「清廉、勤政、愛鄉土」，現在清廉不好說，勤政也不好說，只剩下愛鄉土嘛，對不對？那愛鄉土就「我愛鄉土你不愛鄉土，我就比你強」，但是如果爬出來一個侯友宜：「我不要九二共識了，我就是鄉土啊！」似乎怎麼看他都比賴清德還鄉土啊，對不對？民進黨還在說愛鄉土就變成愛侯友宜了嘛，民進黨就沒有殺手鐧了。所以說這個九二共識能不能拋棄，我覺得是今後這場選戰對國民黨來說，最重要的事。

6.國民黨的死穴「九二共識」

李志德：矢板兄說的這紙「婚約」是怎麼來的，我自己有個看法，想多說兩句，因為為什麼會有「婚約」很重要。

這個「婚約」其實嚴肅講的話，它有個前提。第一個，這個婚約是誰訂的？李登輝總統訂的。為什麼李登輝會去訂這個婚約？有人覺得他是因為繼承了國民黨的統治，不得不繼續這個統一的路線。但我比較不這麼看，因為在李登輝執政的時代，其實台灣還是有底氣、有本錢的，加上中國六四[10]剛過，所以中國整個共產黨政權是非常衰弱的，所以李登輝一度，我真心相信，他其實是有一個改變中國的想法的，不管是裂解還是怎麼樣的一個計畫，因為只有中國被裂解了，被改變了，和平演變了，那台灣才有比較長治久安的國際關係。

所以當時有一份政策文件叫做《國統綱領》[11]——不過它現在都被人家當作笑話了。

10 **六四事件**，又稱**八九民運**、**八九學運**、**一九八九天安門事件**，廣義上指一九八九年四月中旬以悼念前中共中央總書記胡耀邦開始的紀念活動為導火線、由學生在北京市天安門廣場發起、持續近兩個月的全境示威運動。狹義上指**六四清場**，即一九八九年六月三日晚間至六月四日凌晨，中國人民解放軍、武裝警察部隊和人民警察在北京天安門廣場對示威集會進行的武力清場行動。

11 **《國家統一綱領》**，簡稱《國統綱領》，是李登輝執政時期對於中國大陸政策的最高指導原則（一九九一年國統會制定、行政院院會通過，二〇〇六年終止）。國統綱領提出一個中國，兩個政治實體，將中華民國與中華人民共和國視為兩個存在的政治實體，但是避談主權歸屬問題，希望將來追求終極統一。

這個《國家統一綱領》，其實是在所謂「憲法一中」的架構底下，包括台灣、中國（大陸地區）的整個中華民國領域裡面，民主化的一個路線圖，當時確實有這樣一紙文件。在台灣的中華民國政府，有沒有能力去執行，那是另外一件事，但是因為我們有這樣的東西，所以有「九二共識」。它的意思是，我們台灣和中國將來可能會變成一個國家，而這個國家是在台灣政府所規劃的這個藍圖底下，走到真正民主的那個目標去的。自己表述「一中」所指的國家，是為了服務於這個終極目標。

簡單說就是：有國統綱領，大家未來都會走向民主，我們才有「九二共識」。

但是後來的政治演變，包括馬英九……首先不開國統會的就是馬英九，陳水扁時代還開了幾次，大家批評陳水扁，他就被迫召開，到了馬英九時代就不開了。這個不開表示什麼意義呢？就是即使是國民黨，都放棄了「以民主統一全中國」這條政治路線。

但如果國民黨放棄了「以民主統一全中國」的話，那「九二共識」理當一起被放棄掉了。不然的話，九二共識就變成替台灣被中華人民共和國併吞開了一個法理綠燈，我覺得這是國民黨最大的問題。所以我覺得這個思考架構，其實就是九二共識跟國統綱領之間的關係。也就是說，有國統綱領，大家未來都會走向民主，我們才有九二共識。

換言之，這一紙婚約為什麼會變成一個這麼爛的婚約，就是因為「民主統一」的前提被國民黨實質放棄掉了。相對而言，民進黨連「民主統一全中國」的政治主張都沒有，當然更不必認九二共識了。而且看這「共識」，覺得荒唐，也是很合理的。

矢板：我稍微說一下，民進黨的說法是，當年確實去相親了，但是沒有相中，這是民進黨的想法，而國民黨說當時有簽了合同。但是即使簽了，也可以悔婚啊，對不對？不是簽完婚約，以後就一輩子不能變了嘛。

喬伊斯：還是可以離婚啊。

李志德：我們當時相中的，是你那個英俊溫柔文明的大兒子（有自由民主才逐步考慮統一），結果你大兒子死了，你現在要把小兒子（沒有自由民主只有統一）塞給我，我不要啊。

喬伊斯：所以兩位認為在這個這麼複雜的所謂婚約之下，甚至搞不好是指腹為婚的情況之下，有沒有任何可能性，國民黨會放棄這個九二共識呢？

李志德：呃，再一次失敗他就會了。（笑）就是讓他再失敗一次，他就只好放棄。因為在我印象很深刻的是，二〇一二年蔡英文選輸，選輸之後當時黨主席蘇貞昌在民進黨內，辦了一系列的關於中國的講座，因為二〇一二年的失敗，給民進黨最重要的一個教訓，就是你這個政黨不能沒有面對中國的政策。

我記得那時候也有找我去，就是談一些中國公民社會，或者是新聞交流之類的問題，當時在座的還有吳介民老師、王丹先生，他們完全就在民進黨內部的一個座談裡談「中國問題」，所有來談的人，對民進黨的中國政策有諸多批判，所以我覺得，民進黨在二〇一二年之後，其實確立了一件事——就是我們必須要有一個新的政策綱領去面對中國。接下來當然蔡英文自己在中國政策上面是非常擅長的，因為她是李登輝訓練出來的，所以成就了後來蔡英文兩任總統任期，不僅能夠執政，而且把自己的罩門補起來，能夠好好地面對中國。我覺得國民黨欠缺一次這樣的失敗。

喬伊斯：再一次失敗的話，矢板你認為他們有可能會放棄九二共識嗎？

矢　板：我覺得這個早晚要放棄的吧。台灣國民要想在台灣安身立命的話，你還天天跟那個全世界的過街老鼠眉來眼去，根本不可能活得下去嘛。

比如我站在日本的立場上，日本的很多政治人物，他們來自台灣的知識都是看我們的媒體報導，所以我很了解他們，他們對國民黨不像台灣的那些本土派，認為什麼「國民黨不倒，台灣不會好」，他們是沒有任何歷史包袱的，他們主要選擇，就是說你能夠站在自由民主這一方，你能夠在中美對立時站在美國陣營上的話，是誰都可以。而且怎麼說呢？我覺得如果獨派思想太強的話，大家反而害怕會不會出事，也就是說獨派單方面希望改變現狀的話，國際社會倒會擔心不好配合。反而像蔡英文、侯友宜這種在中國政策上看似一張白紙，這個最好辦了，大家好配合嘛。相較來說，我覺得賴清德有比較多台獨的包袱揹在上面。

喬伊斯：對，他說我是台獨的務實工作者，鄭南榕的追隨者，但是台灣已經是主權獨立的國家，不需要另外宣布獨立，統獨不需要再討論。這好像還是不太夠？

矢　板：對對，國際社會不是非常喜歡這種在台灣將來的方向性上有太明顯主張的，因為現在是國際社會跟你一起封鎖中國，如果台灣自己有一些動作的話，國際社會有的會怕被你綁架嘛，所以我覺得如果侯友宜真的能夠把九二共識拋棄了，或許局勢會大有不同。不管侯友宜啦，朱立倫都一樣，郭台銘可能比較困難啦。（笑）拋棄九二共識的話，我覺得是對國民黨很好的一個方式，就是說國民黨馬上可以浴火重生。

李志德：矢板先生剛才講國際社會不見得反對國民黨，其實這個事情在二〇一一年就發生過一次。那個時候蔡英文被認為相對上走冒進路線的，而馬英九是能夠在台、美、中三方間比較好維持平衡的。所以我記得蔡英文到美國去訪問，前腳才走，美國國務院後腳就對《金融時報》放話說，我們不放心這個人[12]，蔡英文是給暗算過的。所以矢板先生講的這事情，都不是未來的事，它就是過去的一種智慧，國民黨其實要看到二〇一二年完勝蔡英文的最重要的因素。

12 〈US concerned about Taiwan candidate—FT〉（2011/09/15）：t.ly/E_y1。

菲　爾：我認為有效的反對黨非常重要，你必須有一個有效的反對黨才能讓政府運作健康正常，但那必須是一個明智的務實反對黨。據我所知，國民黨並不是特別擅長在野。他們希望可以一直掌權，因為他們掌權了這麼久，他們基本上是建制派。

所以，如果你不是一個很好的在野黨，人們投票時也不會認真以待，只有提出好的替代政策和務實正確的論點，才有機會上台。但是我經常從國民黨那裡看到的，他們似乎不是很認真，老是提出一些瑣碎荒謬的論點嘗試得分，甚至很幼稚可笑。

在解套過往政策束縛方面，譬如國民黨的九二共識，還有民進黨的台獨黨綱，我想到的例子是英國工黨。當時英國在野黨工黨領袖布萊爾（Tony Blair），非常巧妙地在一九九五年修改了黨章第四條[13]，這個條款太過靠近極端左翼，與工會的連結太過緊密。

有些東西一直存在就會成為執政的阻礙，擺脫之後就有機會當選了。就像是工黨修改黨章第四條一樣，取消九二共識絕對是必要的，如果他們能像布萊爾處理工黨黨章第四條一樣，那麼他們就可能有機會當選。英國工黨在一九九七年大選勝利，布萊爾展開十年執政，就是因為這個政策的轉向完全改變了工黨的本質，讓他們更有當選的條件。

我在英國報導的最後一次選舉是一九九七年大選，之後我就從英國派駐亞洲。舊工黨因為擺脫了一些極端理念成為新工黨，得到選民的認同。我還記得我在選舉之夜寫的新聞裡引用了一位政治分析者的話：「你無法在保守黨和工黨的政策之間放一張紙。」換句話說，不同意識形態的政黨政策，為了執政必須往中間靠攏，已經沒有太大的區別了，因此當年英國人

13 英國工黨憲章中的第四條款（Clause IV，1918－1995），一九一八年通過，是工黨歷史上非常重要的一條規定。其內容說明工黨旨在建立社會主義社會，並通過國有化的方式實現公有制和公共控制的產業。換言之，它強調了工黨對社會主義的信仰和政策方向，並將其作為黨的根本目標之一。然而，隨著時代變遷，工黨的政策走向和政治環境也發生了變化，使得第四條款越來越成為一個分裂黨內的議題。布萊爾當選工黨領袖後，為使工黨更能符合現實和時代的要求，推動取消第四條款的決議，在一九九五年成功通過，標誌著工黨徹底放棄了對國有化的堅持，轉而支持市場經濟和民營化。這一決策被認為是工黨歷史上的一個重大轉折點。

投票贊成工黨的改變，讓反對黨執政。

矢　板：這一點我稍微補充一句，我覺得，這是台灣政治的一個問題，國民黨雖然如您剛講的，確實不是一個合格反對黨，但國民黨主要是老師帶壞——他跟民進黨學的。就是說，現在國民黨所有人都說「蔡英文做的所有事全是錯的」，對不對？這個是不合邏輯的嘛，很明白誰都知道是這樣，但是當年民進黨就這麼玩的。（笑）

李志德：當時馬英九做的所有事，都是錯的。

矢　板：對，所以說，這是台灣社會總體需要進步的指標。我想民進黨應該也學會了執政當家不易，因為國民黨現在就是跟當年民進黨學的凡事皆反。其實大部分民主政治的主要政策，除了一些有價值觀判斷的以外，大部分政策在整體性考量下多半還是有道理的嘛。慢慢地，國民黨、民進黨、其他在野黨和全體台灣公民應該也學著成長了。

李志德：凡是蔡英文贊成的，我們國民黨就要反對。

矢　板：因為國民黨沒做過反對黨嘛。（笑）

第二章

新冷戰下的台灣

14

7. 國民黨是二戰前英國主張綏靖的張伯倫嗎？

李志德：我其實對菲爾非常感興趣的一點就是說，有人把台灣現在的情況，比喻成二次世界大戰前夕，所以國民黨很多人被比喻成張伯倫，就是綏靖政策（Appeasement）[15]，菲爾覺得這個類比是成立的嗎？

菲　爾：過去幾年我們看到在俄羅斯侵略克里米亞後，世界各國默不作聲的綏靖政策，但最後並沒有阻止俄羅斯侵略烏克蘭。台灣這裡的情況不完全相同，但國民黨確實是在姑息討好中國，這是一件危險的事情，就像烏克蘭已經證明的那樣。

我認為台灣目前的狀況不完全像當時張伯倫的綏靖政策，因為情況完全不同，目前沒有任何外在的力量鼓吹台灣接受中國的要求。綏靖政策是在自找麻煩，就像中國和香港那樣，當時說定五十年不變，中國也同意了，但事後證明並不是那麼一回事。如果台灣接受國民黨鼓吹，接受了中國的提議，例如一國兩制等等，是的，那的確是綏靖政策，但是中國是不是就會停止？這樣的假設的確和張伯倫相當相似，不過邱吉爾後來把張伯倫踢出去，結束了張伯倫執政。

在歷史上張伯倫被視為軟弱和綏靖政策擁護者，他為了追求和平而妥協。但話說回來，他是一個和平主義者，他不想讓人們死去，後來的這場戰爭的確殺死了七千萬人，所以在某種程度上他的立場是對的，但是綏靖政策並不會阻止那場戰爭。

---

14 **新冷戰**，美國傳統基金會於二〇二三年三月二十八日發布報告，認定中國已與美國進入新冷戰，美國必須採取一些措施來抵禦中國在經濟、軍事和文化方面試圖取代美國領導地位的努力。詳見〈Winning the New Cold War: A Plan for Countering China —Heritage Foundation〉https://www.heritage.org/asia/report/winning-the-new-cold-war-plan-countering-china。根據維基百科，「冷戰」的定義是係指對抗雙方均盡力避免導致世界範圍的大規模戰爭（世界大戰）爆發，其對抗通常通過局部代理人戰爭、科技和軍備競賽、外交競爭等「冷」方式進行，即「相互遏制，卻又不訴諸武力」。

15 **綏靖政策**，又譯為姑息主義、宥和政策。根據維基百科說明，是一種外交政策，通過對侵略擴張勢力作出政治或物質讓步的短視現實主義、孤立主義與和平主義，以避免戰爭衝突。這術語最常指於一九三五年至一九三九年間以英國首相張伯倫所謂「明智的讓步」為代表，對納粹德國和義大利王國採取溫和寬宥的外交政策。

李志德：再問一個問題，如果像這個情境、比喻是可以成立的話，那前陣子我看網飛（Netflix）上面一支影片《慕尼黑交鋒》（*Munich – The Edge of War*），提到了一些比較傾向或是比較支持張伯倫的，會為自己辯護，說如果沒有那一段綏靖政策的話，英國是做不出戰爭準備的，也就是說，我張伯倫替英國多爭取了兩、三年去做戰爭準備，否則你邱吉爾那個時候是沒辦法開戰的。如果開戰的話，英國可能會失敗。就因為有我張伯倫去安撫納粹德國那一段，所以我們多得了兩三年，讓你邱吉爾可以去打仗。請問菲爾認同嗎？

菲　爾：兩三年的時間是不夠的，因為德國人全副武裝，當時已經有一支龐大的軍隊和充足的軍備，也許這給了英國人多一點時間準備，但實際上還是不夠長。這不是幾十年的綏靖過程，只有幾年的時間。德國從第一次世界大戰後就積極建造戰艦和擴大生產，所以與當時情況不同，綏靖政策也沒有起到太大作用。

李志德：所以盟國是重要的？

菲　爾：盟國當然很重要，但以二次大戰為例，英國雖然有盟國，大致上來說在初期是孤軍奮戰的。英國在一九三九年向德國宣戰，當時所謂的盟國例如法國毫無作用，一直到最重要的盟國美國在一九四一年向德國宣戰，戰局才有了決定性的轉變。看看美國的軍備規模和先進程度，就這方面而言，毫無疑問，美國是世界上任何國家可以有的最佳盟國。

8. 台灣加入聯合國還是重要的嗎？

喬伊斯：說到盟國我們進入到下一題國際組織，台灣是國際政治的一個特例，實質上是個國家，但大部分國際組織都不接納台灣。這當然是出於中國的壓力，台灣加入聯合國還是重要的嗎？

很巧今天在來的路上，菲爾也問了我這個問題，他感覺台灣對加入聯合國這件事似乎很執著。的確有些台灣人很執著在法理上面的《舊金山和約》之類的，但對於外國人而言，加入聯合國到底重要性在哪裡？我認為這是因為別的國家並沒有台灣這種處境，他們的會員國地位是自然而然甚至無關緊要的，因此不容易站在我們的角度去看這件事。我們要如何讓國際間瞭解這對台灣的意義，或是說其實並沒有那麼重要？

矢板：就是這個法理台獨嘛。關於台獨的議題，怎麼說呢，我覺得台灣很多人認為只要一宣布獨立的話，我們現在面臨的國際困境就解決了，特別是台獨派大家常有這樣的想法，其實這是一個很大的誤區！

會這樣想也並非空穴來風，因為二戰結束，過去很多殖民地國家宣布獨立以後，國際社會就給予承認，他們就變成一個國家了。另外，很多台灣人都覺得以色列是尋求獨立的典範。

但是，台灣的問題是完全不一樣的。以台灣現有邦交國為例，我們設想如果台灣明天宣布獨立改名變成「台灣共和國」，那麼這十四個邦交國[16]只會少、不會多，對不對？台灣將面臨國際社會上非常非常大的壓力，台灣的邦交國反而會失去。對國際社會而言，不是說你改名字就獨立了。台灣現在有一個說法，認為「台灣不存在獨立不獨立的問題，台灣只存在改名字不改名字的問題」——正名，是台灣自己可做的。但是改名字的話，必須要別人承認，就是說我都改完名字以後，如果大家不承認的話，我的條件一點都沒有變好。

當然台灣現在在國際社會，比如說，所有和聯合國相關的國際團體難以加入，四處受到中國打壓。我覺得台灣現在要做的就是，怎樣和國際社會聯合在一起，然後去爭取台灣更大的國際空間。這是一個非常務實的，而不是法理的問題，我覺得務實要比法理重要得多！在這些條件沒有完全成熟

16 在本書對談後不久，由於蔡英文總統訪美開啟了兩岸外交戰，與中華民國台灣長達八十二年邦誼的宏都拉斯與中華人民共和國進行建交，台灣政府於二〇二三年三月二十六日宣布與宏都拉斯斷交，台灣邦交國現僅存十三國。

的情況之下，你要去追求法理上台獨的話，只會讓台灣的困境、周圍環境越來越嚴苛難行。

前不久美國的戰略與國際研究中心（CSIS）[17]做的兵推，如果全世界不來幫忙的話，台灣能堅持七十天。換句話說，國際社會為什麼要來幫忙台灣？美國為什麼來？日本來不來？當然基本上協防台灣是有共識，但是大家如果要來的話，絕對是為了捍衛台灣的民主、自由的價值觀，而不是為了某些人的態度跟理想。台灣人有台獨理想的話，美國人、日本人、全世界……別人不會願意為台灣流血的。如果台灣的自由民主受到威脅的話，大家為了保衛價值觀可能會出來，這是一個非常重要的不同啊。

所以我覺得現在台灣加入聯合國也是一樣的，就是說台灣最大的問題是中國，現在要想解決台灣的問題，不是台灣自己做什麼，台灣問題就可以解決的。所謂的台灣問題，就是中南海裡那群傢伙腦子裡想的問題，他們想統一。不改變這群傢伙，或者不改變這群傢伙腦子裡想的事情的話，台灣問題永遠解決不了，台灣不管做什麼事情都解決不了！也就是說，中國要武力統一台灣這件事情，已經惹起了國際社會的眾怒，所以國際社會現在在支持台灣。

那麼台灣什麼時候有機會獨立呢？就是中國或者是說中南海這群傢伙換掉了，或者是中國共產黨和中國民主化了，中南海裡頭的人想問題的方法不一樣了，這可能是台灣獨立的機會，但是絕對不是立刻。現在台灣如果說在法理台獨上要做一些動作的話，很可能成為國際社會上的麻煩製造者。以目前國際局勢而言，台海緊張局勢在責任歸屬層面，馬上知道是習近平的問題，所有的挑釁責任都是中共和中國政府的問題，但是如果台灣也要自己承擔一部分責任的話，會使這個局面更加複雜。

李志德：我完全同意矢板先生的講法，我補充一點，就是加入聯合國這個議題究竟

17 **戰略與國際研究中心**（Center for Strategic and International Studies），簡稱 CSIS，是現在美國國內規模最大的國際問題研究機構，為一九六二年成立的跨黨派的外交政策智庫，總部設在首都華盛頓特區。

是哪裡來的？我覺得這個是在過去反對國民黨威權統治時候的一個博弈手段。這個博弈手段裡面有兩個因素：第一個是加入聯合國，第二個其實是公民投票。當時整個對於反抗國民黨的論述，就是通過公民投票這樣的手段，然後加入聯合國，其實是兩個元素。

這兩個因素，其中有一個已經達到了——公民投票。因為以前國民黨是絕對不會讓你公民投票的，因為他覺得這個全國包括了中國大陸，如果在台灣進行一個以台澎金馬這個範圍裡的公民投票的話，那實質上就是台灣獨立，這是當時的國民黨不能接受的，所以不斷地反對。站在民進黨的立場來說，你越反對，我就越要推動。所以公民投票這件事情，當時是不斷為了去戳國民黨的痛處。但是這件事情現在已經達到了，國民黨也接受了。

第二個因素就是聯合國，我認為當時某種程度也有抗爭的成分在。為什麼呢？因為中華民國失掉聯合國席位是蔣中正造成的[18]，既然是你這個剛愎自用的蔣中正所造成的，所以我也要不斷地戳你這個痛處，這中間有沒有台灣獨立建國的理想？我覺得當然有。但是這個理想如果現在要去強行地落實它的話，確實如矢板先生講的，各種問題都會出現。時至今日，如果還是把加入聯合國看作是一個鬥爭手段的話，那它確實是一個已經過時的鬥爭手段，包括現在聯合國的表現，加入聯合國是要交聯合國會費的，現在聯合國這個樣子，我也不願意我的稅金拿去交會費啊。

菲爾：嗯，這個問題很棘手，但是在聯合國改革之前這是不可能的，對吧？我們都知道贏得第二次世界大戰的五個國家在聯合國都擁有否決權，中國有否決權，絕對會否決台灣加入聯合國。不過整個聯合國章程已經過時了，而且有非常強烈的論據認為聯合國體制需要徹底改革。

越來越多的國家，尤其是非洲國家，希望改革聯合國，發展中國家希望在

18 **聯合國第二七五八號決議**（1971/10/25），聯合國大會於一九七一年十月二十五日通過：「恢復中華人民共和國的一切權利，承認她的政府的代表為中國在聯合國組織的唯一合法代表，並立即把蔣介石的代表從他在聯合國組織及其所屬一切機構中所非法佔據的席位上驅逐出去。」此決議並未提到「中華民國」或者「台灣」。在此決議之前，美國雖然曾建議蔣介石接受中國和台灣同時並存聯合國的「雙重代表權」方案，並未被蔣介石接受。

聯合國擁有更多發言權。台灣不是發展中國家，但是也希望有一席之地，然而至今包括中國的世界大國仍然控制著聯合國，所以台灣加入聯合國是不可能的。只要中國還有否決權，就會永遠否決台灣加入，所以除非改革聯合國，否則這是不可能的。

我認為唯一可能的，就是中國以某種方式允許台灣擁有像巴勒斯坦那樣的觀察員地位而不是會員國。但這幾乎也是不可能的，因為中國一樣會否決這種建議。所以除非五大國說：「好吧，讓我們改革聯合國。」只要中國失去否決權，台灣就有可能獲得足夠的票數加入聯合國。

喬伊斯：所以台灣要加入聯合國，最最基本的就是聯合國要改革，中國不再有否決權，否則無論台灣再怎樣說要加入，就是一個無法解決的問題。我的看法是，不論台灣如何一直說我們要加入、我們要加入、我們公民自決，我們說這個那個，只要聯合國不改革，都是徒勞無功。即使台灣全部兩千三百萬人每一個人都同意台灣是一個獨立國家，和中國沒關係，就會讓你加入聯合國嗎？這是一個很根本的問題，就是聯合國本身的這個架構是不允許，中國只要還是具有一票否決權的常任理事國，台灣就是沒有可能加入，除非聯合國改革。

矢板：我覺得加入就是台灣人覺得「我自己要出頭天，我自己變成一個國際社會的正式成員，跟大家平起平坐」的這麼一個心理上的一種成就。其實加入以後沒什麼好處，對不對？加入以後，台灣要交很多錢。

另外一個很明顯的，這次武漢防疫就出現這種事情。武漢防疫的話，WHO 在二〇二〇年一月對這個疫情做的判斷說還沒有人傳人的情況，這個病毒沒有危險的時候，當時台灣就把國門封起來了，所以台灣就安全了。日本也想封啊，但是很多做生意的跟日本政府說：「你憑什麼封啊？WHO 都說沒事啊！」那日本政府覺得沒辦法啊，就只能開著嘛。台灣關起來以後，那時候過春節，該去台灣的觀光客全去日本了，結果日本一下疫情就傳播開來擴散得很大，所以說台灣參加 WHO 沒有好處啊（笑）。如果台灣參加 WHO 的話，那 WHO 判斷這個病毒沒事情的話，台灣也有必要遵守。我覺得台灣希望加入聯合國就是為了一個尊嚴，但實際上現在的聯合國裡面，許多團體已經都被中國把持住了，所以參加後很多事情都沒有好處的。

菲　爾：是的，這是地位的問題。有點像有些英國人認為脫歐是從歐盟拿回英國的主權或是控制權，但是根本不是這麼回事，英國主權一直在自己手裡，脫歐對英國主權而言沒有實質意義。你必須記住的是，聯合國是個沒有牙齒、沒有實權的組織，不管它多少次試圖阻止美國進入中東，都還是完全失敗。不管聯合國怎麼說，美國就是要那麼做，證明聯合國就是一個無牙無權的組織。英國脫歐很大一部分是關於主權，但其實根本無關，因為主權不論有沒有脫歐一直都在。台灣加入聯合國也是關於地位或主權的問題，雖然台灣的主權一直都在，還是希望被聯合國承認。總而言之，擁有主權就是會令人感覺很好。

9. 台灣該如何面對中國威脅？

喬伊斯：即使無法加入聯合國，台灣還是一個國際間認可的民主政治實體，未來是不是有可能擺脫和中國的政治連結？我個人不認為有辦法跟中國一刀兩斷解決掉這個連結，因為那還牽涉到許多國際政治，台灣不是一個孤島可以為所欲為。那麼看看烏克蘭的例子，我們應該怎麼走出自己的路？要如何看待有可能的戰爭風險？準備什麼樣的國防？我們跟中國這個錯綜複雜的關係，該怎麼處理？

矢　板：我覺得很遺憾的，台灣到現在還沒有能力自己保護自己，所以需要國際社會來幫助台灣，那麼台灣想做的事，就是怎樣向國際社會做貢獻？怎樣提高自己的「被利用價值」？我覺得這是一個非常重要的事情啊。台灣有一些統派的人就說不要給強國當棋子，不要被強國利用。但如果你連當一個棋子的價值都沒有，那就完蛋了，對不對？別人就根本看不上，完全可以無視忽略你的存在。所以說台灣為什麼現在被重視？因為台灣在很多地方，你在地緣政治上、戰略角度上、半導體上、在這個民主自由法治的價值觀上，很多的時候都是強國不得不、沒辦法忽視你的重要因素。

比如說過去像阿富汗，當年就是美國罩著阿富汗，為什麼罩了二十年最後放棄了？就是阿富汗沒有利用價值了，對美國來說阿富汗的負面東西太多了嘛——阿富汗躺在美國懷裡，所有的政治人物天天拿錢，而且對美國沒有貢獻。換言之，美國認為他的利用價值不大了，所以把他放棄了，這是國際社會很殘酷的一個方面。

那麼烏克蘭為什麼會被打？美國也知道烏克蘭很重要，但烏克蘭是農業國家，某種意義上他的被利用價值不大，所以被侵略時，一開始幾個大國沒有立刻支持他。但逐漸發現被利用價值大的時候，現在各個國家都在支持他。

所以台灣要持續維持自己的高價值，一個是宣示自己保家衛國的決心，另外一個是台灣要不停地創造價值，不停地讓國際社會覺得台灣是關鍵的、前瞻的、良善的、可信賴的重要。我覺得這個持續不斷的努力，也是一直非常非常重要的事情。這其實就是讓國際社會，不管是在民主法治自由人權的價值觀上、在經濟上、在產業上、在各個層面上，都感覺台灣越來越重要──「Taiwan Can Help, and Taiwan is Helping!」這一點是保衛台灣安全至關重要的事情。

李志德：中國的威脅對台灣來講，我認為將來台灣人應該要認識到一件事，就是「中國威脅是一個常數」──這個威脅是一直在，不會消失的。坦白講，就算以後中國裂解成七塊、八塊，那麼大的一個中國，不管叫什麼名字、建不建國，他對台灣還是會有軍事威脅。

所以我覺得兩黨的政治人物都要面對：我們處在這個位置上，我們的「被利用價值」。就如矢板明夫講的，利用價值跟我們的國防威脅是成正比的，你被利用價值越高，大家越要來爭奪你這個地方。它並不全然因為我們生產半導體，現在大家太過強調半導體，認為因為有半導體，所以大家要保護台灣。我覺得半導體是使台灣的價值加成的一個因素，但不是全部，否則的話，一九五〇年沒有台積電的時候，美國也是來保衛台灣[19]。

10. 除了半導體，還可以如何提升台灣價值？

喬伊斯：你認為除了半導體以外，還可以在哪一方面提升台灣價值？這裡的價值我指的是真正的、物理上的價值，不是精神上的。

李志德：我覺得是地緣因素，我覺得地緣，其實是最重要的，對美國來講，是今天的「第一島鏈」[20]。中國喜歡講：「這個太平洋很大，那就你一半、我一半！你（東太平洋）那一半，那我就（西太平洋）這一半，我們共享太平洋。」但是美國人為什麼要跟你共享太平洋？在二次大戰的時候，幾萬的美軍子弟死在這裡，這個是美國今天在西太平洋有話事權最重要的原因！我是一個一個子弟流血換來的地盤，憑什麼跟你共享？你要的話，你也打呀。你又不打，然後今天強了，你就要跟我分一半，不是啊！

對於日本來說，更不用說台灣處於日本能源運輸，南邊最重要的一個位置，台灣在這個位置上面，天然地就是別人爭奪的標的。在這樣的情況之下，就像瑞士一樣，你要保護自己，那你就要建立國防的意識。譬如說國

19 **第七艦隊協防台灣**，一九五〇年六月底韓戰爆發後，美國總統杜魯門立刻宣告「台灣海峽中立化」，下令美國海軍第七艦隊通過台海，嚇阻共軍。一九五八年的八二三砲戰中，第七艦隊曾為中華民國海軍補給船護航，利用左營海軍基地作為駐點，並透過高雄港運補提供物資，直至一九七〇年代後期斷交為止。根據維基百科說明，一九九六年，中華民國舉行首次總統民選，時任美國總統柯林頓下令第七艦隊尼米茲級核子動力航空母艦及從波斯灣調來的獨立號航空母艦兩艘航艦打擊群開進台灣周邊海域，為越戰結束後美國海軍在東亞地區最大的一次兵力集結。直至二〇一二年為止的台灣每屆總統大選，美國為了防止中國以武力干涉台灣選舉，會在每屆中華民國總統選舉到就職典禮那一段期間，常態性的巡弋台灣海峽。

20 **第一島鏈**，是指東亞海岸線往東向太平洋島嶼，北起日本群島、琉球群島，中接台灣，南接菲律賓、大巽他群島至紐西蘭的鏈形島嶼帶之間的廣泛海域。美國國防部對於第一島鏈的定義為，北從千島群島開始，往南經過台灣，到婆羅洲島，包括黃海、東海、與南海的西太平洋海域。

民黨常常講避戰、避戰這件事，但是我覺得同樣用「避戰」這個詞，不同脈絡的內涵都不一樣。

我要說的是，避戰這個倡議，看起來是百分之百的好事，但不要忘記它是有成本的。避戰的成本是什麼？避戰的成本就是當你過度強調避戰的時候，你就讓老百姓相信，這個戰爭可以不發生。但我們現在付出最大的代價就是，太多人相信戰爭可以不發生，於是軍隊也可以改，國防也可以刪，然後就不要當兵了。反正我們只要九二共識，我們這個什麼軍隊、軍備都不要。我們現在之所以會受到嚴重的威脅，其實就是在支付以往過度強調避戰的代價。

喬伊斯：面對很多人談論的戰爭可能性，就一個外國人而言，菲爾你認為台灣能做什麼？

菲　爾：哈哈，一個辦法是台灣可以投票給國民黨，懇求中國並且接受北京會逐漸統治台灣這件事，就像香港那樣。然後相信這樣做就可以避免戰爭，如果你願意這樣相信的話。

另一個方法是與國際接觸，並盡可能多與其他國家進行對話，當然台灣現在的處境不可能要求白紙黑字的書面聯盟，但我認為台灣政府正在往多方接觸這方面進行。例如去年裴洛西訪台，接著我們也看到美國當局開始積極參與。要記住，美國是唯一真正有能力、可以嚴肅對抗中國、同時也是可信的國家。

我認為下一屆政府應該持續現任政府的路線，盡可能建立非正式聯盟，這些聯盟目前看起來不可能正式，因為中國不會允許，但是其他方面還有可以做的事，例如取得國防硬體，這是可以辦到的。

關於戰爭我聽到一種說法，就是中國人多士兵很多，言下之意人海戰術就贏了。但現代戰爭中有幾百萬士兵已經不重要了，要知道俄羅斯軍隊的規模是烏克蘭軍隊的好幾倍，但他們正在輸掉這場戰爭，所以這與人數無關，與士兵無關，而是與高科技有關。

如果你觀察烏俄戰爭，那都是關於最新的坦克、突擊飛機、無人機和網路戰爭。即使在朝鮮戰爭中，戰爭的性質也已經發生變化，主力不是帶槍的士兵而是擁有的技術。所以台灣能做的最好的事，就是在防禦方面準備戰爭，取得最新最現代的設備。就我所見，台灣正在這樣做。

如果真的有戰爭，也不會是一場實地戰爭。戰爭裡會有例如充滿高科技的導彈，你根本看不到敵人，不會是士兵在海灘上行進，而是空中轟炸加上祕密行動之類的，例如英國特種空勤團（SAS），美國的海軍海豹突擊隊（SEALs），只需幾個士兵就能造成巨大的傷害。台灣能做的就是與其他國家例如美國結盟，提高台灣的形象，因為如果台灣在全球具有足夠的形象，就會得到世界的援助，烏克蘭就是一個例子。世界各國幫助烏克蘭至今，並對俄羅斯實施制裁，出乎不少人的意料。這就是正在發生的事，就經濟制裁而言，中國絕對無法承受成為全球敵人。

喬伊斯：所以在這一方面大家的看法是一致的，如果希望別人站在你這邊，端看你對別人多有用處，這是很現實的問題。

菲　爾：一個很好的例子就是第二次世界大戰，英國前首相邱吉爾花了很多年才讓美國加入戰爭，一旦美國加入，戰爭勝負就成了定局。如果台灣能夠建立這種聯盟，即使是不成文非正式都是非常好的，這就是對中國可能採取的任何舉動的最好防禦。

喬伊斯：我要再說一次，我還沒有翻譯兩位的說法，菲爾的意見跟兩位又是很類似，就是你要讓自己有用。然後並不是軍隊大小的問題，當然必須要有精良的武器、軍人，但是最重要的還是要有同盟。

第三章

新冷戰下的中國

第一節

中國未來大預測

11.中國會崩潰嗎?還是維持「崩而不潰」?

喬伊斯：現在很流行的話題是新冷戰，中國就在這個中心。看目前中國發展的情勢，會不會崩潰?當然這個是一個猜測的問題。中國接下來的走向，從地緣政治的角度來看，對於東亞跟南亞會有什麼樣的影響?

矢　板：我不知道這個崩潰的概念是怎麼定義的。所謂崩潰，如果是指整個經濟垮下來，社會變成剛才講的今天這裡罷工、明天那裡絕食，然後變成一個類似沒有秩序的非政府狀態，如果這叫崩潰的話，也許不會。就是說我們看到經濟可能會下來，因為我們現在看到中國人口紅利消退，今後已經沒有支撐經濟繼續成長的支柱了吧?而且現在日子會越過越緊。

但是我們看到毛澤東時代，大家一窮二白，也還是沒有崩潰啊。因為共產黨他會用這種地方街道組織，一直把自己的人民控制在那裡。比如說當時六〇年代初大饑荒的時候，那個糧倉全部都沒有糧食，有民兵去保衛糧倉不讓民眾出來搶，結果民兵餓死在外邊，這種狀況中國也沒有崩潰，那時候還很有秩序。所以說即使是六〇年代初的那一場大饑荒，大家認為餓死了三千萬、四千萬人，但中國社會也沒有崩潰。

那麼，如果共產黨繼續用這種高壓統治維持下去的話，也許社會不會崩潰，可是經濟會越來越差。但是什麼時候變成政治的一種「大家忍不住了」？在政治方面出現爆發，這就是另外一個話題。只是要說中國崩潰，我認為在共產黨這種九千萬黨員牢牢控制的一個國家，要像英國、法國……法國穿那個黃背心抗議[21]，那也是鬧了好幾年了，對不對？那種狀況

21 **黃背心運動**（gilets jaunes，2018-2020），是法國一場於二〇一八年十一月十七日開始的抗議運動，因參與者穿著黃色背心示威而得名（根據法國法律，每輛車都必須配備黃色夾克），是法國五十年來最嚴重的全國暴動，這是一場不分年齡、不分左右、沒有組織和領導人的平民抗爭運動，最初是因為不滿油價持續上漲以及法國總統馬克宏政府調高燃油稅而上街抗議，後來擴散到全球多個國家及地區。

應該不會出現的。

李志德：我覺得矢板講到一個很關鍵的因素，就是政治上嚴格的控制。我們最近確實聽到了一些朋友在談，或者是輾轉傳出來的消息，因為經濟不好，好多地方要不就發不出工資，要不就是公司會將薪資打折……但是有一種工資是不敢不發的，就是維穩單位——全稱是「維護國家局勢和社會的整體穩定」，中國政府一定要把這個維穩部隊牢牢地控制住。

中國能夠控制住的原因，這個裡面有一個經濟性的因素，就是說……這裡如果講錯的話，再請矢板糾正我一下，就是說當年朱鎔基[22]推「分稅制」[23]的時候，其實很大的一個因素，是要把各地方收的稅統一集中到中央來用，它是一個經濟上大規模的中央集權運動，這個制度一旦建立起來了之後，各地要脫離中央的籌碼就沒有了。

中國有一個很大的問題，就是東南這些省特別富，尤其是廣東等地格外複雜。我今天特別富的話，在分稅制實施之前，本來不用那麼多錢上繳中央，如果說是某一種責任制的話，我一年上繳中央固定稅額其實就可以了，剩下的錢都是我可以彈性使用的。後來分稅制確定之後，所有的錢都要繳到中央，再由中央決定分給你多少，這個中央一把抓的維穩體制如果崩潰的話，就會有地方諸侯開始覺得，我這裡特別富，自己過日子的話，比加入你要好！這會不會就有可能造成中國分裂的一個因素？

至於這個分裂，是不是以中國共產黨崩潰為代價、為前提？我覺得恐怕也不見得，就是說在共產黨統治的前提之下，但是各地有比較強力的地方自治權——我們講比較強的地方諸侯吧，也許這樣的一個情況是比較可以想

22 **朱鎔基**（1928－），中國共產黨前主要領導人之一，曾任第十四、十五屆中共中央政治局常委，並於一九九八年至二〇〇三年任中華人民共和國第五任國務院總理，是中國高層內部較為熟悉經濟工作的領導幹部，其在經濟領域工作逾半個世紀，經驗豐富，加上思維敏銳、雷厲風行、敢言敢為和要求嚴格的特質與個性，使其主導的經濟工作多被高效推進並卓有成效。

23 **分稅制改革**（1994-2018），是中華人民共和國政府在一九九二年開始設計、一九九三年準備並頒布、一九九四年實施的一項財稅體制改革，大規模地調整了中央和地方政府之間的稅收分配制度及稅收結構，緩解了自一九八〇年代末以來中共中央政權財政入不敷出的情況，但也產生了諸如增加地方政府財政負擔等問題，進而推高了土地、住房價格。二〇一八年三月，中國全國人大通過的國務院機構改革方案，將省級和省級以下國稅地稅機構合併，分稅制改革成為歷史。

像的。

菲　爾：這取決於如何定義「崩潰」，對吧？就經濟崩潰而言，這會是另一個一九三〇年嗎？不，我不這麼認為。目前中國幾乎已經陷入衰退，在Covid期間經濟損失是一個巨大的數字，這對中國是相當大的震撼。我們住在北京的時候，這個成長數字是8％。8％、8％，總是會增長8％，對吧？（笑）

有人說中國經濟能一直「保八」成長，但中國經濟成長率無法保八已經很多年了，疫情期間的經濟損失對中國系統來說是一個相當大的衝擊。過去幾十年總是有人說中國經濟會崩潰，但至今還沒發生，主要是因為經濟動態之間的平衡，中國在社會支出和整體債務方面與其他國家不同，所以我不認為它會崩潰，它會努力掙扎，而隨著它越掙扎，人們就會變得越不快樂，這會使經濟問題變得更糟，然後就會開始有一個政治轉變。

政治成功主要是取決於經濟成功，但雙方是相輔相成的。那麼，中國會崩潰嗎？我不認為，原因是因為中國經濟的組成和模式。但是中國經濟的確已經陷入困境，而且背負著巨額債務。中國債務就像一九九八年亞洲經濟危機一樣，爆發的時候債務數額比人們表面看到的要大得多，例如在韓國，與官方數據相比，非官方數據顯示債務規模非常巨大，我認為中國可能也是如此。中國有一個隱藏的影子債務部門，那裡有人們不知道的全浮動債務。當人們談論大規模的經濟崩潰，也許指的是那個的確存在、未知的債務泡沫，但究竟規模有多大？沒有人真正知道，你只能猜測。

喬伊斯：菲爾在《路透社》早期採訪比較是金融經濟方面，他經歷了一九九八年和二〇〇八年亞洲金融危機，所以堅信經濟影響政治的方向。

菲　爾：關於中國是否會崩潰的另一個考慮，是中國政府可以為所欲為。舉例來說，美國政府不能命令大企業必須怎麼做，也不能去告訴銀行不要降息或是不要加息。但中國擁有完全的控制權，可以動用所有的槓桿，所以它可以讓國家朝著它想要的方向前進，這在完全民主的體系裡是辦不到的。

喬伊斯：就像志德剛剛講的，稅制一把抓到目前為止還能這樣控制，地方分權的時候就難了。就好比奧運之前，中國政府認為四合院妨礙觀瞻要拆就拆了，別的國家有沒有可能？我們住在印度的時候，就算只是要拓寬一公里的路都不可能，這就是民主跟極權的不一樣。

不過我認為中國有一點很聰明，就是宣稱他是有中國特色的社會主義，這樣一來可以在他定義中國特色下，朝他要的方向進行，只要有中國特色，社會主義可以是任何型態。在共產黨政府的管理之下有可能控制，以後不知道，但是到目前為止還是可以做到的。說什麼共產主義、社會主義，你到北京、上海、深圳，看看那裡的餐廳酒吧摩天大樓，根本就是資本主義。

我一直覺得，八九年如果台灣狠狠地宣布獨立，一定會有很多國家贊成，我自己很不成熟的看法是，已經錯過那個機會了。現在台灣如果要這樣宣布，世界各國會認為台灣破壞現狀，不會支持，而且中國在八九之後也變得聰明了，不會再讓像天安門那樣的事件發生。

12. 對於中國的未來，日本怎麼推測的？

李志德：我倒是好奇，不管是比較資深的政治人物、學者，或者是情報機構的推測，對於中國的未來，日本是怎麼推測的？有沒有一個主流的看法？

矢　板：每個人的見解完全不一樣，也是分為樂觀論和悲觀論兩種。過去樂觀論是蠻多的。怎麼說呢？六四之後，日本是全世界第一個對中國開放、取消對中國制裁的國家，就是希望中國的經濟發展起來，中國的中產階級長大，然後中國能夠慢慢走向民主化，這是過去包括美國從尼克森總統[24]以後，對中國的看法基本上是一致的。

但是發現當中國長大以後，並沒有往民主方面走，而且越來越極權，甚至開始對外擴張。大家開始很慌張，覺得好像不太對，所以現在該怎麼應付這麼一個獨裁擴張的中國，其實是最大的課題。

那麼中國今後究竟會怎樣發展呢？長期以來認為共產黨一黨獨裁，最後一定會作法自斃把自己玩死了，因為一黨獨裁這種模式，在全世界的人類社會上體驗過多少次，沒有一次成功的嘛。但是說到底會玩得多大？大家是怎樣看？現在日本天天不停地在增加國防預算，企圖封鎖中國，其實很大的原因就是防止中國不要擴張。（李志德：就是你玩死了，不要我付代價。）

對對對，基本上就是這麼一個感覺。而且剛才講到喬伊斯提到的拆遷，我在二〇〇七年到北京的時候，那個〇七年、〇八年的時候，真是北京到處的房子都是牆上畫一個圈、寫一個拆字，對不對？就是不管有多少都要拆。當時不管你有再大的後盾，哪怕是領導幹部，政府只要下令就只能認，所以那個時候大家才知道，中國的英文名字為什麼叫「China」？因為就是名符其實地「拆那」嘛！（笑）

13. 中國政治可能一直維持現狀嗎？

喬伊斯：全世界沒有什麼事情是可以一直維持下去的，中國如果有改變的話，你們認為會從什麼方向開始呢？

24 **尼克森訪華**（1972/2/21-28），尼克森總統於一九七二年二月底應周恩來邀請訪中，並與毛澤東會面，這是美國總統歷史上第一次訪問中華人民共和國，開啟雙方「關係正常化」的序幕。此前一九七一年七月，已有尼克森的總統國家安全事務助理季辛吉在訪問巴基斯坦的途中秘密訪問了北京；同年十月底，聯合國大會通過二七五八號決議恢復中華人民共和國在聯合國一切合法權利，這些事件均為翌年尼克森訪中營造了合適的政治氛圍。

矢板：我覺得一黨獨裁體制，其實是跟封建制度的邏輯有點像，都要思考接班和維持權力穩定的危機和風險。因為現在共產黨他也不是封建體制了，不是封建體制的話，它會存在一個巨大的危機，就是說當你的掌權者權力越集中的時候，權力繼承又會出現問題。也就是說，當權力高度集中，掌權者一旦死掉之後，因為是否奪取到權力成為接班人的境況天差地別，沒有拿到權力那個傢伙就是拿到權力者的奴隸，大家一定拚命下死手爭搶。所以中國幾千年來留下來的封建智慧是「嫡長繼承制」，皇帝要長子、長孫繼承，就是為了防止這種爭奪。即使這個皇太子繼承人再弱智、再笨，我們有一群文官支持你，換言之，讓權力穩定才是最重要的。

中國共產黨一百年多一點點的歷史，一直是一部「權力鬥爭史」，目前最大的事情就是接班人的問題。現在習近平好像是定於一尊，但是他要七十歲了，馬上要出現接班人的問題。所以一旦出現接班人問題的話，那一定就會出現巨大的抗爭，這幾個派系就會出來爭奪權力。在這種情況之下，付出的社會成本就會是巨大的。

所以說，我覺得這個時候獨裁政權一定會在權力接班人的問題上出現破口，就跟之前毛澤東一樣。毛澤東在世時是絕對的一言九鼎，毛澤東的權力要比今天習近平的權力大得多；但是毛澤東去世之後，馬上就是粉碎四人幫[25]啊，什麼華國鋒[26]又被打倒，最後中國走向集體開放。所以我覺得如果習近平獨裁的話，也不是什麼太絕望的事情，他越獨裁早晚也要遇到權力交替的問題。

李志德：我也這樣覺得。而且今天台灣處在中國的旁邊，那你知道、我們大家越來越知道，旁邊的這個政治體制是非常不穩定的，他任何的崩潰也好，或者

25 **四人幫**，是中國共產黨文化大革命時期（1966—1976）形成的一個政治集團的名稱，形成於一九七三年中共第十次全國代表大會之後，其成員按粉碎四人幫時中共中央公布的順序依次為王洪文、張春橋、江青和姚文元。四人幫文革時期主要活動集中在思想和文化領域，因為被視為貫徹毛澤東文化革命思想的代言人，所以政治影響力極大。一般認為，一九七六年四人幫及其支持者被抓是「文化大革命」結束的標記性事件。

26 **華國鋒**（1921－2008），為中國共產黨和中華人民共和國的第一代、第二代主要領導人之一。毛澤東死後，華國鋒與葉劍英等人合作粉碎了四人幫，宣布「第一次文化大革命勝利結束」，成為最高領導人。而後華國鋒在撥亂反正時期維持了毛澤東生前的一些政治路線，與希望改革開放的鄧小平在政治路線上相左。一九七八年十二月在中共十一屆三中全會上其領導地位被鄧小平取代，之後退出中共核心領導集團。華國鋒是一九四九年以來第一位、也是至今唯一一位同時出任中共中央委員會、中央人民政府（國務院）、中央軍事委員會黨政軍三大最高領導職務的領導人。

是混亂也好，都會影響到我們，所以我們就更應該要把剛才講的「國防的威脅」當作一個「常數」——就是無論中國怎麼樣改變，我們都有國防威脅，所以永遠都要準備好。我們要認清，對於台灣人來講，這就是你的命運，你生活在這個地方你就得面對，不用想要逃走，或者是騙自己說這件事情不存在、不會發生，有九二共識就好……我覺得不用去做那種幻想。

在冷戰的時候，台灣建立國防是為了蔣氏政權、國民黨要反攻中國，他們還要回去爭中國統治權，所以大家討厭這件事情、棄絕它，覺得說國防軍備不需要了。但是在這幾年給我們的教訓，就是台灣重新要變成一個國家，在國家建立的過程當中，任何國家的正常機能，特別是國防這一塊，必須要重新建立起來，必須要鞏固回來，必須要給它新的精神。因為很清楚的，我們就是活在這麼不穩定的一個國家旁邊，肯定就是得有國防，這是第一個。

第二個，喬伊斯剛剛提問，中國的變動會從什麼開始？如果中國發動對台戰爭的話，我覺得他的權力變動就會從這裡開始！根據美國戰略與國際研究中心（CSIS）的兵推，中國侵台不論輸或贏都會面臨巨大的損失。

當然台灣、美國、日本也都會有損失——如果日本加入的話，也會有損失。但是我們可以想像，如果台灣從戰爭裡存活下來的話，我們的政治文化、我們的民主體制大概不會有很大的改變，我們就在斷垣殘壁中間重新選總統吧！規則是一樣的。美國也不會有什麼改變，不會說打敗仗以後，美國總統、美國的政治體制就變了。日本大概也不會有什麼改變。

但是中國肯定有改變，他在政治體制上肯定要做一個巨大的改變，那個改變絕對是不利現在執政的這個人的。所以我覺得這反而是他要不要發動對台戰爭面臨的最大問題，就是你要不要把自己現在的政治穩定賠進去搏這一場。

14. 共產政體七十年輪迴

菲　爾：是的，這很有可能，不過我是從不同的角度來看待這個問題。就馬克思主義的教條而言，這是「共產主義的七十年週期」。馬克思主義認為社會沿著原始共產社會、奴隸社會、封建社會、資本主義社會、社會主義社會五種社會形態，這個週期大約是七十年。如果中國是如此運作的，那麼你最終會得到資本主義。

在大多數國家，當人們變得足夠富有時，他們就不再擔心錢的問題，開始想對治理他們的方式發表意見，這是事物循環的自然變化。我已經得到了政府提供的一切，我有房子，我有兩個孩子，我有車，我有海外假期，現在我想多說一點關於周遭發生的事，以及政府如何向我徵稅。

如果你看看這個七十年的週期，呃，我把它們寫下來了。俄羅斯的共產黨人堅持了七十四年。在墨西哥，七十一年。中國剛剛慶祝成立七十週年。

北朝鮮，七十一年。我是歷史的堅定信徒，所以我會看週期和歷史告訴我們的事情，就是共產主義結束是自然而然的事。

你知道，中國實際上已經變得相當資本主義了。在中國你當然可以說你生活在一個極權的共產主義國家，因為執政的一直都是中國共產黨，但你周圍都是資本主義。那裡有大汽車，那裡的餐館很熱鬧，一點也沒有像在北韓那樣的感覺，共產主義的中國根本不是那麼一回事。

我認為會有一個自然的結局，但這一切都需要一個催化劑，至於是什麼樣的催化劑還有待觀察。然而我認為它的壽命確實有限，不會再持續另外一個七十年。

喬伊斯：菲爾最有興趣的就是歷史和戰爭，所以他看事情是比較從這些角度出發，每次我看到什麼新聞暴跳如雷，他就會說從歷史的角度來看，這些事微不足道。中國現在根本就是資本主義，不是一個共產主義國家了，但要真正的改變需要有一個引爆點，例如接班的時候，或者是例如八九的時候，引爆之後才可能有巨大的改變。

菲　爾：我記得我派駐在北京的時候有條新聞，有個小鎮附近有一座礦山，大型卡車在這個城鎮上呼嘯而過，讓每個人都感到非常痛苦。後來好像是開礦出了點問題，有幾個人被大卡車撞死了，接著發展成一場大規模的抗議，後來當局為了解決這個問題就說：「好吧，你們可以投票選下一任鎮長。」當時我們真的拍到當地人把選票放進投票箱裡，你知道，人們互相投票支持，真的是一場選舉。中國的情況已經開始改變了，這樣的壓力只會增加，因為越來越多人會希望在地方政治乃至國家政治中有更多發言權。這個改變已經一點一點在發生。

15.中國經濟高速發展到頭了嗎？內需撐得起自給自足嗎？

喬伊斯：談到經濟，中國受益於 WTO 體系[27]的發展模式是否已經到頭？還有中國的內需有辦法撐起以後經濟的發展嗎？經濟變化會怎樣影響中國的國際行為？

我對中國經濟沒研究，看法也很淺薄，只記得住在北京的時候，什麼都很便宜，還有到處都在蓋房子。有一次我和一位攝影記者去烏蘭巴托出差，我當他的翻譯，那裡根本像是電影裡的死城一樣，寬闊的大馬路，一望無盡的全新大樓，但街上根本沒看到幾個人。載我們的計程車司機說，山西的礦老闆來買樓，一買就是一整棟也不住人，當地人卻是買不起。那是十

27 **世界貿易組織**（World Trade Organization，簡稱「WTO」），是負責監督成員經濟體之間的各種貿易協議得到執行的一個聯合國系統的國際組織，截至二〇一六年七月二十九日，世界貿易組織共有一六四個成員組織。二〇〇一年十一月十日，中國正式加入世貿，這二十多年來，中國 GDP 增長了八倍，成為全球第二大經濟體，佔世界經濟比重從二〇〇一年的 4％增至二〇二〇年的 17．4％，中國的貨物出口增長了七倍多，成為第一大貨物貿易國，利用外資穩居發展中國家首位。

多年前了。

李志德：談中國經濟，以我的專長還不太夠，所以我也是參考一些其他專家的意見。中國過去很長的一段時間就是靠出口拉動經濟，出口拉動經濟，主要有兩個因素：第一個就是你自己內部的生產力，現在中國經濟的困境來自於疫情，所以生產力一直沒有辦法恢復。第二個就是外國的需求，外國的需求如果提不起來，自己的生產力要不就是沒有辦法恢復，要不就是外移——因為成本、人口的關係，移到越南等其他別的地方去了。我覺得現在看起來，出口拉動經濟成長的這一條路徑，並不樂觀，至少我讀到的專家意見，是不看好的。

至於說內需的話，我覺得中國講「雙循環」[28]，就是內需。但是中國不管說他二〇三〇年或哪一年會變成世界第一大經濟體，就算這件事情實現了，但是他的平均人均 GDP 還是低的。所以今天在討論內需這件事情，不是看全國的 GDP，而是看你每一個人有多少錢可以花。

今天以台灣來講，台灣人均GDP約為三萬二到三萬三，中國的話大概一萬兩千多，這還是中國政府自己公布的數字。即使是以這個三萬三跟一萬兩千多美元來計算的話，中國其實相對還是低的，更不要說這個一萬兩千多，其實來自很多很不平等的分布，包括之前國務院總理李克強[29]自己都承認，中國有一大部分的人其實是在赤貧裡面[30]，所以要靠內需來拉動中國經濟成長的話，我覺得不太可以期待。

矢板：我認為中國經濟一定會很糟糕的。中國過去經濟成長仰仗於全球化，他是全球化最大的受益者。那麼現在全世界開始重新分化的話，也就是說，中

28 **國內國際雙循環**，是中共中央政治局常務委員會於二〇二〇年五月十四日提出的一個經濟政策，主要是以國內內循環、國際外循環所打造的「雙循環」為經濟主體，後又被中共中央總書記習近平修正為「以國內大循環為主體」。其官方說法是指擴大內需，注重中國國內市場，提升自身創新能力，不依賴中國以外市場，同時保持對外開放。

29 **李克強**（1955－），二〇一三年三月繼溫家寶之後就任為第七任中華人民共和國國務院總理和國務院黨組書記，二〇二三年卸任。

30 「**有六億人每個月的收入也就人民幣一千元**」，是中國國務院總理李克強在二〇二〇年五月二十八日「兩會」閉幕記者會上回應《人民日報》記者提問當年脫貧攻堅任務時提出。當時李克強表示：「中國是一個人口眾多的發展中國家，我們人均年收入是三萬元人民幣，但是有六億人每個月的收入也就一千元，一千元在一個中等城市可能租房都困難，現在又碰到疫情，疫情過後民生為要。」此話迅速引發全世界輿論震驚關注，沒想到中國還有那麼多窮人。

國光靠自己恐怕有困難。其實他過去就是靠利用便宜的生產力、勞動力、用可以不支付智慧財產權一半偷一半弄，可以不考慮是否破壞環境，所以才會生產出很大量的便宜商品，然後外銷到國際社會，這是中國一直成長的一個模式。

多少年來，中國一直想轉型，一直沒有轉過來，現在他是被國際社會防範抵制了——因為現在跟國際社會抗爭，被國際社會制裁了，新鮮技術來不了了，原物料也進不來了，而且外銷的市場也沒有了，這對中國來說是一個非常巨大的打擊。

還有一個發展動力是靠自己的創新，自己的創新有一個非常關鍵的條件是，必須要自由，因為自由的想法，才可以創新。中國現在到處是思想禁區啊，所以在思想禁區，奴隸是不可能創造出太好的價值，因為你不敢隨便亂說亂動啊，所以說全中國人現在只有習近平——十四億人只有一個頭腦在思考，別人都不許思考，對不對？問題是這個頭腦還不太聰明……

（眾人大笑）

喬伊斯：中國只有一個腦袋，就是習近平的腦袋，其他人不需要思考。

李志德：但是個笨腦袋。（笑）

菲　爾：對，而且相當危險。

矢　板：所以經濟是不可能太好的。

喬伊斯：大家都不是很樂觀。

李志德：矢板剛剛提到的創新，我就講另外一件事情，中國過去有一些非常有創造力的企業，因為內需市場大，或者是他自己保護得好，確實養出了一些很不錯、具有創意的企業，譬如說阿里巴巴[31]、抖音[32]，不管你喜不喜歡，他們都是個大企業。中國國內因為大家都要補習，所以有非常強大的補習教育業，譬如新東方[33]。但是現在因為習近平一句話，就整死一個產業，就都不能補習了，補習業就全垮了。不准打電動，然後線上電玩業就垮了。或者是今天這個阿里巴巴，或者是支付寶[34]，因為他一句話就變成國有的。他的所有股權我叫你讓出來，你就得讓出來。

所以我覺得過去中國經濟發展，有一個非常重要的因素，就是至少在國內有穩定的政治經商環境，現在連這個東西都沒有了。劉鶴前一陣子說了一些話[35]，就是覺得財政政策、貨幣政策等穩健的金融環境要重新恢復起來。但是就如同家暴，你已經有打太太的記錄了，你的太太會越來越不相信你，誰還期待你今天說了什麼呢？因為你確實已經打了，而且還把你太太打了個半死嘛。

更不要說對外的整個國際局勢發生劇烈變動，抖音禁令開始延燒全球！由於青少年成癮、「裝在手機裡的間諜氣球」等隱私及國安疑慮，印度率先於二月中禁止抖音國際版 TikTok，美國、加拿大、丹麥、法國、英國、比利時、荷蘭等國及歐盟執委會三月起紛紛通過法案或發布命令，禁止公務

---

31 **阿里巴巴集團**，一九九九年由創辦人馬雲創立於中國杭州，是中國一家以提供網際網路服務為主的綜合企業集團，服務範圍包括 B2B 貿易、網上零售、購物搜尋引擎、第三方支付和雲計算服務。旗下的淘寶網和天貓在二〇一二年銷售額達到一兆一千億人民幣，二〇一五年度商品交易總額已經超過三兆元人民幣，是全球最大零售商。二〇二二年十月中共二十大後，習近平提倡的「公私合營」（國企民企合營）政策出現加速跡象，表明中國政府統治經濟的時代已經來臨，中國電信與阿里巴巴簽署「戰略合作協議」，雙方將在平台型智慧城市、數位政府等領域開展合作。

32 **抖音**（**TikTok**），是由中國字節跳動公司所創辦營運的智慧型手機短影片社交應用程式，使用者可錄製十五秒至一分鐘、三分鐘或者更長十分鐘內的影片，也能上傳影片、相片等。TikTok 是抖音國際版，二〇二一年迎來爆炸性成長成為當年世界上流量最高的網站，勝過谷歌（Google）、臉書（Facebook）、微軟（Microsoft）、蘋果（Apple）、亞馬遜（Amazon）、網飛（Netflix）等科技巨頭提供的服務，並且是前十名中唯一的非美國公司。

33 **新東方**，是由俞敏洪創辦的新東方學校的簡稱，全名新東方教育科技集團有限公司。公司在開曼群島註冊，總部位於北京市海淀區中關村，在美國紐約證券交易所上市，是中華人民共和國目前規模最大的教育培訓機構。二〇二一年中國官方推出「雙減」政策——減輕作業負擔、減輕校外培訓負擔，補教業面臨重大打擊。新東方於該年年底轉型為「中英語帶貨直播」，成功絕處逢生。

34 **支付寶**，是中國的第三方支付服務平台，於二〇〇三年十月十五日上線，最初為阿里巴巴集團旗下網站淘寶網的部門，二〇〇四年十二月八日獨立運營，現作為螞蟻集團的子公司獨立於阿里巴巴集團之外。目前，支付寶已經從單一的支付工具發展為提供支付、生活服務、政務服務、社交、理財、保險和公益等多領域並逐步覆蓋全行業的開放性平台。中共二十大後，有消息指出中國可能打算把微信和支付寶兩個支付工具加以收割為國有，然後以中國人民銀行發行的數位人民幣（E-CNY）取代。

35 時任中國副總理劉鶴於二〇二三年一月十七日在世界經濟論壇二〇二三年年會上表示：「繼續實施積極的財政政策和穩健的貨幣政策，努力保持合理的經濟增長，保持物價和就業總體穩定」，「要著力擴大國內需求，推動產業鏈供應鏈循環暢通，支持民營經濟健康發展，深化國有企業改革，歡迎更多外資來華，防範化解經濟金融風險」。

員使用TikTok。綜上所述，中國經濟成長所憑靠的「雙循環」——國內內循環、國際外循環，恐怕都面臨嚴峻的挑戰。

菲　爾：我認為有幾件事看起來的確不太好。首先，中國必須應付巨額債務，這對他們來說是一個大問題，而且一定會阻礙他們的發展。除此之外，對外也有個大問題，就是世界不再信任中國，華為和5G問題是其中的重要原因。還有一帶一路計劃漸漸變得聲名狼藉，越來越多國家不信任一帶一路是很明顯的，連非洲國家都意識到他們現在欠中國一大筆債，他們不想讓自己的國家背負更多的債務。馬來西亞是一個好例子，他們在政治上拒絕了一帶一路。基本上告訴他們滾蛋才能做得好。現在中國手上有看來似乎不受好評的一帶一路，中國在技術領域遇到了問題，中國出口的整體品質也有問題。這些問題都是無法短期內解決的，甚至有可能根本無法解決。

日本當年很快進入價值鏈，開始生產品質非常好的東西。中國也在做這件事，也正在改善，但進展並不順利。日本可以崛起並稱霸世界，這是因為他們製造了非常好的汽車，比起其他國家的汽車要好得多，而且可以持續稱霸六〇年代、七〇年代和八〇年代。日本稱霸市場時是如此強勢，因為出口是他們唯一擁有的東西，而且他們非常努力，他們極力想讓國內經濟成長，現在他們成功地做到了。

中國的經濟有很大一部分靠出口，當出口出現問題的時候，就要從內需市場下手。過去幾十年中國都市化的程度非常迅速，例如我們住在北京的時候，人們進入郊區，購買全新公寓，購買中國製的商品，購買中國汽車。他們以購買國產商品改善生活方式，這就是中國需要做的。人口相當的印度則是完全相反，印度有一個巨大的國內市場，但出口市場很小，大致上而言，印度的經濟是靠內需市場支撐，而這個穩定的市場也一直都在。當中國推動內需經濟的時候，政府開始不停向外蓋環路，三環四環五環，這些都可以帶來經濟成長。現在都市化的成長幾乎停滯，所以很難再看到因為都市化帶來的成長榮景了。

喬伊斯：我們那時候都說幾環幾環的，天津都要環進北京來了！（笑）

菲　爾：就像歐洲的工業革命一樣，人們從農村湧入城鎮，創造了工業革命，創造了大量工作，還有經濟成長，中國試圖做同樣的事情。但尚未實現工業革命帶來的結果，加上出口品質和數量的問題，在高科技方面中國政府不被信任，還有債務懸而未決。我完全同意他們的前景一點也不好。

16. 對習近平的集體看走眼是怎麼回事？

李志德：我想補問，就是說對習近平的集體看走眼，到底是怎麼回事？

矢　板：我其實沒看走眼欸。

李志德：你沒有看走眼啊？

矢　板：我在一開始發表的文章就看出他是保守派，因為我當時和一些朋友在討論他就任中共中央總書記的那個演講，有一個叫何方[36]的，是過去張聞天[37]的祕書，那天晚上他就說：「這個傢伙是保守派，要搞政治運動的，你們都要小心。」所以說，我覺得習近平是搞政治運動的，就是他是學著毛澤東那一套的行政方法。

怎麼說呢？中國治國就是鄧小平的改革開放，中國原先是經濟政治保守——經濟一元化、政治一元化，這是當時毛澤東的時代嘛。後來經濟實在混不過去了，鄧小平把經濟打開了，所以經濟可以改革開放，經濟變成多元化了，但是政治還是一元化，等於說這個國家的矛盾就越來越大，就

36 **何方**（1922－2017），中華人民共和國國際關係學者，中共黨史專家。一九四九年至一九五九年間，擔任張聞天祕書跟隨其工作、學習，期間隨張聞天調任中國駐聯合國代表團、中國駐蘇聯大使館等，協助張聞天主管部屬各單位及駐外使館的調研工作，並為外交部起草文件，直至一九五九年張聞天在廬山會議上遭到批判，何方被迫同張聞天劃清界限為止。一九八一年，中國社會科學院日本研究所成立，何方擔任首任所長。晚年，何方致力於中共黨史研究，寫出多部專著和許多論文。

37 **張聞天**（1900－1976），曾任中國共產黨中央委員會總書記，是中國共產黨早期重要領導人。雖然發表過支持毛澤東的名言：「真理在誰手裡，就跟誰走。」最終卻在文革期間受到殘酷迫害，一九七六年在流放地無錫逝世，直到一九七九年方得中國中央徹底平反。

是兩條腿，一條腿長一條腿短，越來越不會走路了。

這個時候有兩種辦法，大家都期待他把政治也打開，讓政治跟隨著經濟也變成多元化，這樣中國就變成一個正常的國家了。但是習近平上台，他把經濟的這條腿又收回來了，所以說兩條腿又短起來了！這是習近平的改革方式。也就是說，其實中國面對未來發展只有兩種辦法，或者政治放開，或者經濟收回來，習近平採用經濟收回來的一個方向。

菲　爾：中國人口老化，這對政府來說也非常危險。中國需要年輕人工作、努力納稅、提供經濟收益，政府正在努力讓經濟運轉起來，但現在年輕人卻在躺著，什麼都不做。你拿白紙抗議沒什麼用，但只是躺下什麼都不做，卻有很大的影響。這使得中國的經濟難以活絡，我覺得「躺平」現象非常有趣，對於這些年輕人來說，他們似乎已經對生活失去了希望。出生率低，年輕人躺平，加上人口老化，問題只會越來越嚴重，接著就會形成惡性循環。

李志德：國民黨的統治，是金錢可以使人民開心的另一個例子。

菲　爾：絕對絕對，和新加坡一樣。我們住在新加坡時，印象就是個有錢的社會，每個人都有錢，當地的國民住宅每隔幾年就會翻修一次，朋友之間談論的話題常常是我打算要換個新廚房，一切都很棒！不過一旦政府無法維持這種經濟運作，人們就會變得不快樂了。

我好像一直在抨擊英國，但正在發生的就是每天都有大大小小的罷工，護士罷工、農民罷工，所有的罷工幾乎都是因為錢。非常簡單，你給錢，他們就不會不高興了。這正是中國需要做的，就是有錢流動讓社會繼續運轉，而年輕人正在做的這種「躺平」的事情對經濟沒有幫助，我想應該是非常令人擔憂的。

17. 中國「人民」跟中國「政府」分得開嗎？

喬伊斯：極權社會如果能餵飽人民問題也許不大，但人們在物質上有了一定的生活品質之後，可能會要求有更多的話語權和參政權，對極權政府來說這就頭痛了。

接下來這題很有意思，中國的人民跟中國的政府，能分別看待嗎？對我自己而言，我覺得很難，我覺得就是同一件事，因為我有既定的印象，或是意識形態。

我一想到中國人，就想到中客擠爆日月潭還有其他景點，大聲喧嘩、亂丟垃圾的樣子。在北京的時候，我們住在二環的雍和宮附近，離鼓樓不遠，鼓樓的廁所裡面都是沒有門的，連衛生及隱私這些最最基本的問題，政府也無法顧及。即使我認為自己是一個比較想要盡量去設身處地接受的人，還是很困難。中國人或是中國政府，我不覺得有什麼區別。你們怎麼覺得？

李志德：我覺得中國人民和政府能不能分開看待這個問題，其實不應該只問我們台灣人啦。事實上我覺得台灣一直是被動處理這個問題的一方，就是說今天只有受過良好教育的中國人，自己願意跟極權政府分開，別人才有辦法把你們分開，如果你自己願意加入中國共產黨統治集團，甚至你在這個體系當中得到利益，而且因為在其中得利，你就覺得他那個路線是對的話，那我也只好把你跟他一起看待。所以我覺得這個問題，其實應該要先問中國人自己。

為什麼我會這樣想？是因為在二〇一九年，那時候我在香港工作，每一個禮拜就要到香港去，當時有一個很傷心的經歷，就是當香港人民在街頭抗議、在跟警察對峙的時候，很多反對香港人的，其實是中國的高階知識分子——在中環的那些律師、會計師們，他們在中環賺著大錢，然後反對香港人以肉身去對抗暴政。

之後到了「白紙革命」的時候，開始有一些反思的聲音出現，覺得我們當年這些批判香港年輕人、受過海外良好教育的知識分子，我們對不起當年的香港人。所以在這個過程當中，讓我回想到中國人民和政府這個問題，就是說，你自己如果願意跟這個極權政府站在一起的話，那將來遲早就要受到報應的。就像那個中國知識分子反思的聲音，會認為我們後來經歷的這些所有的封城，其實都是我們支持這個政府的報應。

最早說出要認清中共不等於中國人民這個話的人，除了達賴喇嘛的西藏流亡政府（藏人行政中央）、台灣支持自由民主但仍有大中華情懷的人士以外，其實是像余茂春先生[38]這樣的人，他是中國民運出身的，當他自己有覺悟要跟中國政府、中國共產黨分開來的時候，余茂春這樣的呼籲有道德性，我同意。但是如果說你自己都不願意跟共產黨區分的話，我也只好把你跟他們一起看待。

矢　板：首先「中國人民」這個詞，我認為應該是專制獨裁政權造出來的詞，就是說中國政府和中國人民是分不開的，因為網上這些小粉紅都是中國人民啊，所有天天想武統台灣、天天要台灣「留島不留人」的，不是中國政府說的，是中國人民說出來的，對不對？

那麼我們看日本人，我們很少聽到有「日本人民」這個說法，也從來沒有聽說過「台灣人民」嘛，對不對？因為台灣人民從堅持獨立的辜寬敏到主張統一的洪秀柱，全是台灣人民嘛，對不對？（笑）你沒有辦法把他們和政府弄到一起嘛。只有中國人民是跟中國政府綁在一起的，所以說當他們把人民和政權綁在一起的時候，其實我們很難說現在看到的，到底是中國政府綁架中國人民，還是中國人民綁架中國政府？比如說，要是中國政府硬著頭皮想跟美國道歉，但是中國人民不幹呢？（李志德笑說：人民不答應。）對，會有這種狀況嘛，所以說這是獨裁政權才會造成的語意符號。

38 余茂春（1962－），美國華裔學者、政治家、美國海軍學院東亞和軍事史教授，曾擔任《華盛頓時報》專欄作家、美國國務院國務卿政策規劃辦公室中國政策規劃首席顧問，是中國留美學生中進入美國國務院對華政策核心圈的第一人。他在川普政府以後的美國扭轉對華政策上，提出相當多參考建議。

那麼每一個中國人，當然是不一樣的啊！比如說我在北京十年，經常去北京的上訪村[39]，基本上我的報導很多都是站在中國人——就是每個被政權欺負的中國人——的立場上幫他們申冤、幫他們講話，我做了很多很多的事，這是一個一個中國人，個別的每一個中國人。如果你是張三、李四，跟我成為好朋友，但是當你把自己規劃成中國人民那一天，你就是跟獨裁政權混在一起了，那我們就不是朋友了。

因為在西方的話語裡面，只有公民（citizen）沒有人民嘛。台灣人民、日本人民、美國人民、……這樣的用語，只有在《人民日報》可能看到，所以說，我覺得變成人民的話，其實就是獨裁政權的一種邏輯方式，中國人民跟中國共產黨政權，這個是分不開的。

喬伊斯：對，中文跟英文很難去解釋這個不同的地方。

李志德：就是 Chinese 跟 Chinese people。

喬伊斯：我們都有朋友在中國，生活在那種即使他們也不喜歡的制度或是環境中，同時又很支持政府，他們自己都不分了，旁人要如何另眼看待？這是非常困難的問題，尤其在獨裁國家中更是如此。

菲　爾：我認為「民族主義」是關鍵，而且中國是處在獨裁統治之下。我的意思是，民族主義可以非常強大，它創造了納粹黨，也造就了日本在整個太平洋所做的一切。某種程度上來看，民族主義也導致英國脫歐，例如英國執政黨鼓吹煽動了一種「是的，我們就是英國人」這種無稽之談。美國也一樣，就像是「讓美國再次偉大」這種東西。我認為這都是很可怕的事情，因為如果再極端下去，就有可能發生戰爭。

在中國是有強烈民族主義情緒的獨裁國家，這是可以察覺而且顯而易見，

39 上訪村，位於北京二環和三環之間、北京南站南邊的東莊，是全中國各地人民到北京上訪、要求政府還其公道的落腳地，最終於二〇〇八年北京奧運前被拆除。上訪，是「信訪」的俗稱，是中國特有的政治表達、請願及申訴方式，是指公民、法人和其他組織採用書信、電話、走訪（應當推選代表提出，代表人數不得超過五人）等形式，向各級人民政府、縣級以上各級人民政府所屬部門反映情況，提出意見、建議和要求，依法應當由有關行政機關處理的活動。

當你跟那裡的人交談時，你就可以感受到，這很危險。因此我同意，在獨裁統治下，中國人和中國政府這兩者是無法分開的。在民主體制下，你可以非常容易區分出民族主義者，但就中國而言，與其說是文化問題，不如說是人民與政府之間的相互支持。在民主國家，例如英國或是美國，這種情緒可以很快改變，德國和義大利也是。但是中國人民和政府在民族主義方面是團結在一起的，在獨裁統治下很難區隔，這真的是一種危險的混合。

喬伊斯：我還有個經驗。我們住在北京的時候，我是《路透社》基金會給中國記者培訓的講師，他們都是用英文寫稿的記者，我在一旁協助另外一位主要的講師，通常是《路透社》退休的資深記者或是編輯。我們去教怎麼樣寫國際新聞，什麼是新聞準則，我們當然知道這些年輕記者回去各自的單位之後，工作上絕對不可能照做，但至少他們上完課會知道新聞採訪的國際準則是什麼，這是《路透社》提供訓練課程的目的。

聽中國記者說《新華社》或是一些主要的黨媒，每天早上會收到一個紅條，告訴他們哪些新聞不要發，他們跟我說：「我們看到了就知道欸這個有趣，來找找看這是什麼東西。」所以你知道他們的觀念是開放的，只是礙於體制環境，必須聽命行事。對這些年輕記者，其實我是有一些同情。

我們第二次派駐印度離開北京之前，幾個上過課的中國記者請我吃飯，酒過三巡有人開始跟我講血濃於水，我一個人戰在場的其他黨媒記者，因為要離開中國了，我也豁出去暢所欲言，大家爾虞我詐真真假假其實是很痛快的。約飯局的是清華大學辦培訓活動的人，吃過飯他送我回家，在車上他說：「欸我跟妳講啊，他們都是不同媒體來的，彼此講話也要留心，妳不要把他們講的話當真，以為他們都在攻擊妳。」

這我當然是知道的，但還是難免會想，那我怎麼知道什麼是真的，什麼是假的？我想當你是一個朋友，或許你是因為你的壓力，而不是真正想要去贊成那個政權，所以必須對我說違心之論，我怎麼知道你真正在想什麼？

我很想把你和你的政府或是政權體制分開，但是我完全沒有辦法判斷，我要怎麼分開？所以我對中國人，我不會說中國人民，還是有一點點的同情，因為我經歷過這個情形，我可以試著去想，為什麼要在那樣的場合跟我說血濃於水。

18.中國外交官員的兩面性

李志德：二〇〇三年到二〇〇七年擔任中國外交部部長的李肇星[40]這個人還在嗎？他之前常常在國際上對台灣強硬、大小聲。

矢　板：他退休了。

李志德：私底下的個性，跟中國對外發言最沒有兩面性格的應該就是李肇星。

矢　板：喔，對對對。他還蠻表裡如一的。我順便插一句，好像現在的外交部長秦剛[41]的太太林彥，過去曾經在《路透社》還是《美聯社》（AP）的某家英文通訊社工作。（喬伊斯：好像有可能。）我聽說是《路透社》。

喬伊斯：我記得那時候有一個同事，她可能是做翻譯還是助理之類的。她的先生在外交部。

矢　板：對對對，應該就是。秦剛，包括王毅，我過去私人都和他們有交情。王毅在擔任日本大使的時候，我們吃過很多次飯，他跟我們《產經新聞》的社

40 **李肇星**（1940－），中華人民共和國外交官。一九九〇年時年五十歲升任外交部部長助理；一九九三年任中國駐聯合國代表；兩年後，升任副外長；旋即被任命為中國駐美國大使。三年任期結束後，李肇星繼續擔任副外長的職務，同時擔任部黨委書記。二〇〇三年經國務院總理溫家寶提名，國家主席胡錦濤發布第二號中華人民共和國主席令，根據中華人民共和國第十屆全國人民代表大會第一次會議的決定，李肇星被任命為外交部長。因為年齡到限，二〇〇七年李肇星被全國人大常委會免除外長職務。但維基解密聲稱，李肇星下台是由於胡錦濤在二〇〇六年訪美時未獲國宴款待、致詞時遭法輪功抗議以及司儀將「中華人民共和國國歌」念成「中華民國國歌」等失誤所致。二〇一三年三月退休。

41 **秦剛**（1966－），現任中華人民共和國外交部部長、黨委副書記，中國共產黨第二十屆中央委員，被視為是中國國家主席習近平的得力助手。曾任外交部發言人、駐英國大使館公使、新聞司司長、禮賓司司長、外交部部長助理、副部長、駐美國大使等職務。

長是好朋友。秦剛在擔任外交部發言人的時候，私下我們也聊過天。那個時候都是很好的人啊，秦剛、王毅都是很聰明，很有國際視野，對於我們認同的普世價值都是懂的人啊，但是他們當外交部長以後，全變成「中國人民」一！（笑）過去他們是個人的。（李志德：到底哪一個才是真的？）嗯，兩個都是吧！（笑）

菲爾：我還在中國的時候，外交部有位發言人也常找我去喝茶，我離開中國前，他還請我吃飯，記得好像是姓馬？

矢板：外交部發言人嗎？馬朝旭[42]。

喬伊斯：馬朝旭常找菲爾去喝茶，坐下來都是很客氣地說：「你們寫這個，對我們中國政府實在不公平啊。喝茶。喝茶。」

菲爾：他請我吃飯的時候說：「很抱歉我總是不得不責備你，差不多每個星期我都責備你，但你知道那是我的工作。」只有我們兩個人在那裡，我說：「我知道，我也很抱歉我老是告訴你，我不會改變我們報導的方式，因為那也是我的工作。」你是對的，當你離開那個領域時，就會有所不同。

矢　板：他們自己都分不開，我們怎麼分開？對不對？你這個是雙重人格嘛。（笑）

李志德：到底哪一個是真的馬朝旭？（笑）

菲　爾：馬先生對我非常友善，其實他並不會讓人反感，我知道他一定要對我說官方立場，他也知道《路透社》從來不會撤稿，有錯誤一定會更正，否則絕對不會修改我們的新聞。他每隔一段時間就打電話找我去喝茶，我們對雙

42 馬朝旭（1963－），現任中國外交部常務副部長，中華人民共和國職業外交官。曾任中華人民共和國外交部第二十四位新聞發言人。外交部部長助理、駐澳大利亞聯邦特命全權大使、中國常駐聯合國日內瓦辦事處和瑞士其他國際組織代表，二〇一八年一月任中國常駐聯合國代表，二〇一九年七月轉任副外長。

方的立場也都能理解。

喬伊斯：林洸耀也是中國通，他對中國比較同情。

矢　板：對對對。

喬伊斯：林洸耀認為中國雖然控制媒體，外交部會把你叫去說，你寫的這個新聞太負面我不滿意，但他不會說你寫的東西必須先給我看，他只是跟你說他不滿。只要報導沒有錯誤，並不會真的對你怎麼樣，這一點是林洸耀覺得中國還有點講理的原因。不過那也是二〇一二年之前的事情了，當時習近平還沒上台，外交部有一點國際經驗的人還是講理的，現在我想應該是不一樣了。

矢　板：那個時候的中國喔，我記得有一次就是在甘肅的舟曲發生泥石流[43]，我就去採訪。舟曲是藏人和漢人混住的地方，泥石流從山上沖下去以後，漢人好像死了一千多人，然後藏人都下山去救漢人。那個地方的藏族就是信奉班禪喇嘛的，和漢族比較好，所以我去採訪的現場有一個藏族的中年人在那兒哭，他說「這裡所有的人都跟我們像一家人一樣」，於是我就忠實報導有一個藏族人這麼想。寫完以後，大概兩三天之後，外交部他們一個司長請我吃飯（喬伊斯笑說：寫得好！）然後說這次《產經新聞》報導得很客觀。（大笑）被表揚了！

李志德：（笑）極少數被表揚的報導。

喬伊斯：我們那個時候的司機，他是《路透社》裡面唯一一個外交部派來的。喔！還有祕書，菲爾的祕書。這兩個人名額上算是外交部的雇員，但他們的薪水是《路透社》付的。記得他們每個月都要回去外交部開一個會，然後匯

43 舟曲土石流災害（2010/8/7），發生在位於中國甘肅省甘南藏族自治州的舟曲縣，二〇一〇年八月七日，持續四十多分鐘的暴雨使得土石沖進縣城，並截斷兩條河流，形成堰塞湖。搜索至八月二十七日停止，官方數據顯示此次災害共造成一五五七人死亡，二〇八人失蹤。此次災害是中華人民共和國歷史上最重大洪澇災害之一。

報一下。這位司機很喜歡問我台灣的事情，很照顧我，我們感情很好。有一次他載我去買東西，我記得應該是新疆出事情的時候[44]，他在外面等我。我出來後他說：「欸，新疆出事啦！」我說：「我不知道，剛剛發生的事？」他說：「嗯，妳知不知道社裡派多少人去？」我猜是外交部想知道，但這些都是在一個很友善沒有敵意的基礎上。

還有一次他跟我說：「社裡面的那個誰誰誰寫的東西，他們老是不滿意，妳讓他小心點。」我不是社裡的人，但是他知道我可能會跟那位被點名的人說這件事。我知道他並不是完全站在官方的立場，而是因為這個人是一個同事，他想提醒一下，不全然是公事公辦的。

因為這樣我對中國人是有同情的，因為他們在這個體制裡面，很多時候身不由己，而且要保護自己。我住在中國那四年間，很大一個問題就是，我變得無法相信別人，尤其是認識不深的人，因為我時時在掙扎：「你說的是不是真的？你的態度是真的假的？」

菲　爾：就我的經驗而言，我認為馬先生還是比較有外交手腕的。

喬伊斯：對，菲爾說馬朝旭每次跟他去吃飯，沒吃完的東西都包起來讓司機帶回去，還蠻社會主義的照顧到下面的人。我們去平壤的時候那又更不一樣了，我們和朝鮮國家通訊社吃飯的時候，主管的司機是和大家一起坐下來吃飯的。

44 二〇〇九年烏魯木齊七五事件（2009/7/5），當時維吾爾族人在新疆烏魯木齊上街遊行，要求政府妥善處理幾天前同族工人在沿海工廠被打死一事。運動升級，變成針對漢族平民的暴力襲擊，造成近兩百人死亡，上千人受傷，此事件震驚世界。七五事件並致使維吾爾族和漢族的關係進一步惡化，從此中共治疆政策發生轉折性調整，由最初幾年的經濟發展為主轉向目前的政治高壓。中國官方利用七五事件中的暴力襲擊將「再教育營」合理化，認為此舉能防範宗教極端勢力。

台灣和中國的公民運動

19.白紙運動和「八九六四」有什麼異同之處？

喬伊斯：關於這個白紙運動，中國你們兩位是專家，我們可能就比較外行一點。我記得我們二〇一二年離開中國的時候，那時習近平剛剛要上任還沒有上任，他好像是住在南鑼鼓巷[45]，他在那裡有一個房子。（矢板明夫：那是過去的家裡。）對，我們剛聽到關於習近平的評論是：「他是一個開放的人，你看看他跟外媒在一起的姿態很自然，跟以前那些當工程師的不一樣。」

我們離開北京之前，當時的一些媒體、外媒對他的看法也是中國可能有機會更加開放，但我們離開了之後，中國反而是往另外一方面走，箝制得更厲害了。之後有一年我去北京幫忙一個培訓課程，晚上和《路透社》同事出去吃飯，我記得在搖搖晃晃的地鐵車廂裡，他忽然說：「你們都以為會更好，其實比以前更慘！」兩位對於這個白紙運動一下就沒有了怎麼看？怎麼比較這個運動跟六四？中國以後有可能會有再這樣子的事件發生嗎？白紙運動有什麼樣的影響？

矢　板：那我想整個白紙運動跟八九六四很大的不同是，八九六四的時候，共產黨已經改革開放了，國民希望走得更快一點去推動了，就是說等於方向是一致的，只是快慢的問題。當然後來引發了天安門事件，因為當時民眾和共產黨內的改革派是結合在一起的，就是趙紫陽[46]他們那些人。所以政治上是整個民眾和共產黨的方向是一致的，而且當時從頭到尾沒有一句要打倒

45 **南鑼鼓巷**，是中國北京市東城區的一條胡同，位於故宮到雍和宮路線中間，距離西長安街區的中國政治權力中心中南海的車程約十六分鐘。

46 **趙紫陽**（1919－2005），中國共產黨和中華人民共和國的第二代主要領導人之一，先後擔任過中華人民共和國國務院總理、中國共產黨中央總書記等職務。被視為黨內改革派主要領袖之一，為中國民主運動作出過貢獻。中國官方宣稱他在一九八九年的六四事件中犯了嚴重錯誤，同年中共十三屆四中全會後被撤銷黨內一切領導職務並遭受軟禁。

共產黨、推翻共產黨的口號，這是一個非常重要的特點，某種意義按中國的講法是屬於「人民內部矛盾」。

但是這一次白紙革命呢，中國人民想開放的方向和共產黨的方向是相反的，人民需要而且推出「要讓習近平下台」等主張，證明了這些矛盾，所以這一次矛盾說明問題已經變質了，這是共產黨建國以來，第一次出現大規模地反對共產黨。作為大型的政治抗議運動，這個是第一次！所以說雖然它很快被鎮壓下去了，但是矛盾沒有解決，而且已經在全國各地顯現出來，也就是說這次的矛盾是非常深刻、具有普遍性的。綜合以上的分析，我認為今後不管中國共產黨怎麼做，如果中共不把他的方向調整過來的話，這種抗爭運動的土壤已經有了，今後還會更加發生。

李志德：歷史總是諷刺的，在習近平推動修憲、連任時，中國一般民眾鮮少出聲反對。反而是二十大開完，習近平第三任期一剛開始，遭遇最強烈的民間反抗——白紙運動。類似的看法就是說，如果去看一些人在談六四之後，有一個很大的問題就是：為什麼在六四發生了這麼大的屠殺事件，而且這個屠殺是在所有北京老百姓的眼皮子底下發生的，但是這個國家的人民跟這個執政黨為什麼這麼快就和解了？到了九一、九二年的時候立刻就和解了。

我認為其中一個很重要的因素，是經濟的開放這件事沒有停下來，老百姓能夠持續在開放的經濟環境裡面賺到錢，所以在那個階段，就不太去計較，或者是加上政治上的高壓，就沒有辦法去計較政治上為什麼不再開放。

但是我覺得今天在白紙運動裡面看到的問題是，中國的經濟成長放緩，老百姓的經濟受到影響，再加上疫情的壓制，讓很多做小生意的人，根本活不下去了！他老本吃完了之後，就是矢板先生的談話性節目《三國演議》[47]裡面講過好多次了，好多人從中等收入回到了貧困這個階層。那這個情況之下，如果對照八九六四當年公民社會跟中國政府之所以能夠很快地和解，是因為經濟持續的發展，但是在中國經濟持續出問題的情況下，我覺得會再出問題。

像在白紙運動之後，前兩天有一個新聞，後來證明是真的，就是武漢有好多人上街去抗議醫保付不出來[48]，政府苛扣他們的健康保險，要他們再多交錢，後來引發了一個很大規模上街抗議的「白髮運動」。所以經濟上出問題是一個拉動中國不安的因素，這個不安的因素就像矢板先生剛剛講的，跟政府統治的方向是互相違背的，到最後可能會造成推翻政權或是動搖政權的一個後果。

菲　爾：的確，他們似乎一直陷入同一個陷阱。天安門之後他們允許年輕人有更多的空間去表達自己，多一點自由是讓他們開心的關鍵。還有金錢使人快樂，正如新加坡多年來在獨裁政府中所證明的那樣，只要有錢，有一定程度的自由，每個人都會相對快樂。從表面上看，中國即將陷入經濟衰退，所以他們的問題就來了。但我不認為白紙抗議會發展成天安門事件那樣的問題。這點涉及到了「躺平」現象，年輕人正在進行這種抗議，這是年輕人放棄的一種表現。

20. 台灣太陽花衝進立法院的那一群人

李志德：在討論中國經濟對台灣影響的時候，我認為一定要表揚一群人，就是當年

47 **三國演議**，是由華視製播的談話性節目，由國際政經專家汪浩主持，每集邀請來賓與日本產經新聞台北支局長矢板明夫共同討論，期許能跳脫傳統政論談話節目的框架屬性，深度講評最新國際政經重大事件。除了在華視頻道播出外，亦可於 YouTube 頻道收看：https://www.youtube.com/@user-gj4bi7xq4d

48 **白髮運動**（2023/2/8－），二〇二三年二月八日中國武漢爆發抗議削減健康福利的大規模街頭示威後，同月十五日以退休老人為主體的「**白髮運動**」再次在武漢爆發。同一天，中國東北大連數以千計的退休老人也站出來抗議醫保福利縮水。《法新社》報導指出，在維穩高於一切的中國爆發街頭示威非常罕見，尤其在中國兩座千萬人口的大都市同時爆發抗議示威，更加罕見。

太陽花衝進立法院的這一群人[49]。他們實際上犯了什麼法律上的罪，去了行政院、打壞玻璃等他該負什麼法律責任，那另當別論，但是今天回顧二〇一四年三月十八日開始的太陽花運動，有其重大的意義和價值存在。

其實從李登輝時代開始，到陳水扁時代、蔡英文……就不斷地警告台灣人，中國這種經濟發展模式是不可能永續的！中國一時之間看起來很好，國民黨也看好得不得了。於是到了馬英九執政的時候，就出現了一個加速讓台灣的經濟去併入或是融合進中國發展的趨勢。

但是如今回頭去看，中國經濟看起來不能永續發展這件事情，在今天出現了！你就會去感謝太陽花的這一群人，他們拉住了政府，讓台灣的經濟沒有在中國泡沫吹得最大的時候去加入，使得台灣今天沒有太多曝險——就是我們承擔的風險是相對最小的，因為我們當時沒有太融入中國經濟體之中。沒有太融入中國經濟體是為什麼？就是因為這一群年輕人冒著犯法的代價、坐牢的風險，拚命地把當時台灣政府的後腿拖住！我覺得今天去看太陽花運動，認為其真正價值在那裡。

喬伊斯：太陽花事件，我跟菲爾有很大的不同意見。菲爾完全站在法律的立場，這點非常英國人，他覺得佔領立法院這件事是違法的不能接受，是一個完完全全不可思議的事情。我認識的外國人常常會說：「每個國家都有每個國家的難處，你們為什麼一直要說台灣就是跟別人不一樣？」這個我覺得也是台灣很大的一個難處，因為你沒有辦法去跟人家解釋得那麼清楚說：「為什麼我覺得我的這個難處跟你的那個難處有這麼大的不同？因為不管再怎麼困難，你已經是一個國家了！台灣不一樣！這個世界還沒有承認！」這很難解釋到讓對方了解，因為他們的國家就不是這樣。言歸正傳，我非常同意志德對於太陽花運動的這個觀點。

49 **太陽花學運**（2014/3/18－4/10），又被稱作**三一八學運**、**佔領國會事件**，是指由台灣的大學學生與公民團體共同在二〇一四年三月十八日開始發起的社會運動。這次運動由抗議學生主導佔領立法院，還曾一度嘗試佔領鄰近立法院的行政院。該運動爆發的主要原因在於《海峽兩岸服務貿易協議》遭強行通過審查，而該協議被反對者視為將損害自身經濟，並且強化中華人民共和國的政治影響力。其他參與運動理由還包括要求民主程序、反對自由貿易等。

第三節

失落的東方之珠

21.二〇一九年香港反送中運動的歷史意義？

喬伊斯：說到太陽花，我們不能不提到香港二〇一九年的反送中運動[50]。那個時候我們在香港，菲爾從《路透社》退休後去《南華早報》當他們的培訓編輯，每年有六個月的時間在香港訓練記者。那幾年我們是三個月在香港，三個月在法國，再回去香港三個月，法國三個月。我們每年夏天都在香港，學生放暑假的時候，也就是上街抗議的時候。那真的是一個非常非常傷心的經驗，我跟著香港人去走、跟著他們去看、跟著他們一起傷心。我不會跟到遊行最後，但是回住處在電視上看催淚彈警棍，現在想到都還覺得要掉眼淚。不知道你們有什麼樣的經驗？你們怎麼樣定位香港學生抗議在世界上、歷史上的意義？

李志德：這樣比喻可能有點誇張，但我真心覺得二〇一九年這個香港的大變局對文明摧殘的程度，相當於當年亞歷山大圖書館被整個燒掉[51]！它是一個「暴君尼祿焚城錄」等級的事件，就是對於文明的摧殘，特別是講中文的文明的摧殘，我覺得它是這個等級的事件。

因為它是這個等級的事件，所以我覺得讓人非常非常地傷心。因為香港是一個在很奇怪的歷史際遇之下匯聚出來的一個華人——我們姑且用華人這個概念——沒有到達過的文明高度，就你看到、可以到達的那個境界，但

---

50 **二〇一九年香港反送中運動**，又稱**反對《逃犯條例修訂草案》運動**，是指香港自二〇一九年三月十五日開始、六月九日大規模爆發的社會運動，逾萬人被捕。此次運動精神為「如水」（Be Water）——無大台、無統一的領導，主要以社群媒體號召的方式組織，運動支持者以遊行示威、集會、靜坐、唱歌、吶喊、「三罷」行動、設置連儂牆、不合作運動、堵塞道路幹道、「起底」、針對並破壞中資商鋪、匯豐銀行、建築物、大學及公共設施等一系列行為，向香港特別行政區政府抗議其提出《逃犯條例》修訂草案。根據示威者的觀點，該草案容許將香港的犯罪嫌疑人引渡至中國內地受審；而反對者因不信任中國的司法制度而擔憂將嫌疑人引渡至中國受審會出現不公平審訊的情況，進而損害香港在「一國兩制」及《基本法》下所列明的獨立司法管轄權地位。二〇二〇年六月底北京強推港版《國安法》，嚴厲限制和打壓港人的民主、自由訴求，「一國兩制」正式名存實亡。

51 **亞歷山大圖書館**（**Bibliotheca Alexandrina**），又稱古亞歷山大圖書館，位於埃及亞歷山大，曾是世界上最大的圖書館，館藏超過七十萬卷，由埃及托勒密王朝的國王托勒密一世在公元前三世紀所建造。後來慘遭火災，因而被摧毀。

是她現在就被一群野蠻人所統治，甚至是摧毀，而且就在很短的時間內被摧毀。整個事情就是這樣，那是第一個，香港文明遭難受毀的那個高度。

另外一個就是，對台灣來講，香港是活生生地向台灣人展示，相信共產黨的政治承諾的後果是什麼。雖然之前也有西藏人的例子，但是我們畢竟對西藏的歷史、《十七條協議》[52]等不是那麼了解。

香港人清楚地顯現中國共產黨的政治承諾，是完全不可信任，一國兩制[53]本來就是針對台灣，台灣人不買單，所以就拿去放在香港，然後說你看香港過得很好啊，一國兩制是可行的。但是二〇一九年香港就以自身慘痛的經驗告訴你，這是怎麼樣窒礙難行。只要中國這個國家的體質、政治文化不改變的話，中共就永遠在不斷不斷地擴張自身利益。就是說，他不會在一個條約之前止步的，只要能夠跨過去，他就過去。他看起來能夠遵守這個條約，是因為實力不到，所以只好先停在這裡。但是一旦他覺得實力夠了，他一定跨過紅線！任何的紅線他都不守的。香港其實很清楚地告訴我們台灣這件事。

第三個我覺得香港的這個警鐘，不光敲醒一部分台灣人，也敲醒了西方國家，終結了一個時代。這個時代的開端，就是設想用經濟能夠讓中國富起來，然後中國有一部分的人富起來之後，會成為中產階級，接著就會開始訴求政治改革，但香港二〇一九民權運動之後，明顯地就是終結了。

---

52 **《十七條協議》**（1951/5/23），全名為《（中國）中央人民政府和西藏地方政府關於和平解放西藏辦法的協議》，是以阿沛．阿旺晉美為首的藏方五人代表團在沒有向西藏政府匯報的情況下，代表西藏政府簽訂。達賴喇嘛一九五九年流亡印度後，於同年六月二十日重新發表聲明，稱《十七條協議》是西藏政府和西藏人民在「武力下逼迫」簽訂的，後來合作的時候中國中央政府也沒有遵守協議，宣布不承認「十七條協議」。西藏流亡政府隨後也表示，代表團的代表是以個人名義在協議上簽名，文件上的印章沒有代表的正式官銜，雖然是西藏代表團但代表不能代表西藏。

53 **一國兩制**，是中國共產黨為了實踐並發展中國統一而提出的基本國策，其基本內容為：「在一個中國的前提下，國家的主體堅持社會主義制度；澳門、香港、台灣是中國不可分割的組成部分，他們保持原有的資本主義制度長期不變；在國際上代表中國的只能是中華人民共和國政府。」一般認為一國兩制是由鄧小平最早於一九七八年提出以解決國民黨政府來台後兩岸分治的現狀促進中國統一：「如果實現祖國統一，我們在台灣的政策將根據台灣的現實來處理。比如說，美國在台灣有大量的投資，日本在那裡也有大量的投資，這就是現實，我們正視這個現實」、「在解決台灣問題時，我們會尊重台灣的現實。比如，台灣的某些制度跟生活方式可以不動，但是要統一。」一九八二年鄧小平更進一步表示：「『一個國家，兩種制度』，兩制是可以允許的，他們不要破壞大陸的制度，我們也不要破壞他那個制度。」後來適用於過去分別為英國和葡萄牙殖民地的香港及澳門。

22. 早四十年走上街頭，《中英聯合聲明》就簽不下去嗎？

喬伊斯：矢板你對香港的看法？

矢　板：我過去常常聽過一種說法，就是同在華人文化圈裡面，中國周圍的藩地——香港、台灣和新加坡，台灣呢，是有自由、有民主、無法治，法治最差嘛；香港是有自由、有法治、無民主，當年沒有投票嘛。新加坡是有民主、有法治、無自由，所以三個都缺一啊。（笑）這是一個當年的比喻，但是現在看起來，民主最重要嘛！香港因為沒有民主，沒有辦法表達自己的權利，所以說香港的自由和法治是建立在流砂上的，非常脆弱。

我過去採訪過前不久才去世的李怡先生[54]，他說一九八四年簽訂《中英聯合聲明》[55]的時候，香港很多人是期待回歸祖國的。這一點其實是一個很大的誤判，他們誤判了共產黨。這個邏輯就是說，當年上一代人沒上街頭，所以這一代要付出代價。當時如果有兩百萬香港人上街都反對的話，英國政府就簽不下去了吧？（李志德：或是要求公民自決？）所以想請教一下菲爾這位英國人，會不會這樣？

菲　爾：我想那可能是不可阻擋的，錯誤雙方都有，但中國真的把事情搞砸了，至少從全球的角度而言，中國讓自己看起來很糟糕。中國基本上無可避免就是一個控制狂，這是問題的一部分。獨裁政權總是想控制一切，而香港是個自由自在的城市，是個沒有太多繁文縟節的自由港，你可以提著皮箱，愛帶多少錢就帶多少錢到香港，沒有規定阻止你這麼做，這就是香港成為

54 **李怡**（1936－2022），是香港前時事評論家、自由專欄作家。一九三六年出生於中國廣州，一九四八年移居香港。李怡年輕時思想左傾，嚮往社會主義，中學畢業後也曾在香港的左派媒體擔任編輯。一九七〇年二月，李怡在香港創辦《七十年代》雜誌，並在雜誌內宣傳左派觀點。但是到了一九八一年，因雜誌採訪的對象和宣揚內容而與中國當局出現嚴重分歧。李怡隨後宣布脫離左派陣營，政治立場轉向反共。二〇〇七年開始獲邀參與部分香港《蘋果日報》社論的撰寫，字裡行間對北京當局多有抨擊。二〇二〇年李怡被迫決定離港移居台灣，他曾說：「我一輩子只相信一件事，是自由；而自由中最重要的，就是言論自由。」

55 《**中英聯合聲明**》（1984/12/19），是中英兩國於一九八四年共同發表的一份聲明，承諾香港現行社會、經濟制度和生活方式五十年不變，在「一國兩制」下享有不同於中國內地的自由與司法獨立。聲明中指出香港地區包括香港島（一八四二年《南京條約》割讓）、九龍（一八六〇年《北京條約》割讓）和「新界」（一八九八年《展拓香港界址專條》租借九十九年），中華人民共和國政府決定於一九九七年七月一日對香港恢復行使主權。英國於同日將香港交還給中華人民共和國。

所有銀行蜂擁而至，把它打造成一個充滿活力的貿易中心的原因之一，那是一個高度國際化的自由港。

現在所有的銀行都在不斷計畫遷離香港，但中國無法自拔，因為他們想控製香港的一切，而現在已經有效扼殺了這隻下金蛋的鵝了。香港正在殞落，很多有英國護照的年輕人想要到英國，如果他們想離開，英國為香港人提供相對容易的移民政策，因此你可以看到下一步就是人才從香港流失。很多人想要離開香港，因為香港將成為另一個中國城市，不再是那個高度西化的自由港。

至於如果當時如果如何如何，情況會不會有所改變？我認為為時已晚，一九八四年簽訂《中英聯合聲明》前，雙方已經談到了最後階段，不可能說：「等等，我們再商量商量！」你知道這是殖民主義，全球都有一樣的感覺，就是殖民地必須歸還，例如印度。

喬伊斯：沒有可能不簽的吧？（矢板明夫：條件會有可能不一樣。）對對對，當然是會比較好。

23. 無從決定自己前途的香港人

李志德：確實有人談到《中英聯合聲明》應該交由香港人再做公民投票或者是自決，但是這個聲音其實很小很小。當年有一個最有名的事件，就是當時有一個香港立法會的議員鍾士元[56]到北京去見鄧小平，就跟鄧小平談到這個事情——有一些人主張香港歸還這件事情，應該是我們台語說的「三跤」（sann-kha-tu），就是應該是一個三腳凳。

56 鍾士元（1917－2018），是香港政治家，香港主權移交後首任行政會議召集人。自從一九九〇年代起，鍾士元一直都是香港政壇的第一號人物，一九八四年中英談判香港前途期間曾被中共批評為「孤臣孽子」，但後來又獲中共招攬為處理香港回歸事務重要謀臣。著有《香港回歸歷程－鍾士元回憶錄》。

第三腳是什麼？就是說一腳是英國，一腳是北京，一腳是香港人民的意志。鄧小平很明白地告訴他，沒有第三腳！就是我們兩強就決定了，沒有你香港人的意見。所以當時鍾士元不僅到北京去跟鄧小平講，也到英國國會去遊說，但是兩邊都對他非常冷淡，就是告訴他說，在香港前途決定的過程當中，沒有你香港人講話的餘地。

喬伊斯：不過那時候的香港人也許也沒有那麼強的自決意識。（李志德：對。）

矢　板：就是被共產黨騙了嘛，認為共產黨已經改好了。香港當年推動、制定《香港基本法》的那些人裡面，有一個作家叫做金庸[57]，非常有名是吧。金庸的父親是浙江的鄉紳，作為地主被共產黨槍斃了。他對中共應該有深仇大恨啊，但是他竟然相信共產黨已經改好了，然後還幫著一起制訂《香港基本法》，變成歡迎回歸的一個人。現在看來，他們那代人過分相信共產黨，所以對台灣來說是血的教訓嘛！

菲　爾：而且要記住，那是二十五年前，也就是在亞洲金融危機之前，當時正值亞洲經濟繁榮的時期，亞洲有四小龍正在蓬勃發展，大量資金源源不斷地湧入亞洲。雖然這些都在一九九八年開始分崩離析，但在那之前世界認為亞洲是開放的，殖民時代已經過去了，英國已經離開新加坡、馬來西亞以及其他的國家，而中國正在興起，因此世界對當時的中國相當友好。從商業角度來看，中國的確是一個巨大的機會，世界各國也展示了自己如何從中國賺錢，這是一個互惠貿易的組織架構。

中國以前對外國人和外國政府還算是挺友善的，但現在完全變了，與當時非常不同，因此我認為在當時英國離開香港是不可阻擋的。當時的世界輿論是，「你們是英國人，你們在那裡已經待了一百年了，滾出去！」

57 **金庸**（1924－2018），本名查良鏞，著名武俠小說家，早年於香港創辦《明報》系列報刊，並在一九八〇年代涉足政界，曾任《香港基本法》起草委員會委員，與查濟民共同提出關於一九九七年後香港特別行政區行政長官和立法會選舉安排的「**雙查方案**」，又名查良鏞方案、主流方案、政制協調方案。其父查樞卿為浙江當地大地主，因其身份而於一九五一年鎮反運動被中共定性為「黑五類之首的地主與惡豪階級」。在浙江海寧以反革命罪在家人面前被處決，全部家產被沒收，只剩下兩間老屋。

但我想再回到這一點，就是中國把香港搞砸的程度令人難以置信，他們大可以繼續不要干涉香港，不去碰它，在民主方面多允許香港一點，慢慢來。或許再等個十年？但是中國就是沒辦法克制自己，一定要把香港壓得死死的。結果就是香港永遠無法恢復到以前的樣子了，但是中國又不能退縮放手，因為會丟臉。結果就是國際銀行和企業開始撤離，過去龐大而且充滿活力的經濟也逐漸萎縮。

喬伊斯：如果中國可以一點點、一點點收回香港，不要說一下子要全部控制，可能世界的反應也不會這麼大。但是中國就是無法克制自己，所以就變成今天這個樣子了。不過這些都是後話了，如果我們來解決問題，絕對是天下太平、世界大同對不對？

菲　爾：還有中國對街頭抗議的反應也太大，街上有學生的時候，如果警察後退一點，稍微無視他們，不要有太多衝突，或許情況不會越演越烈。但他們每天帶著警棍和催淚瓦斯進去，事情只會越來越糟。當時我在香港，遊行一開始的時候都是相對和平的，但是中國就是無法克制要過度反應，控制一切。

喬伊斯：如果放手讓香港示威抗議，會導致什麼樣的結果？如果我是中國政府，可能也會採取這種手段，因為你不知道會怎麼發展。我把我自己放在中國政府來想好了，因為不知道讓他和平去遊行，遊行到最後是怎樣，於是不允許你再繼續下去。中共不能夠允許有任何不在他計畫內的可能性。

矢　板：獨裁政權當然是這麼想，我們不能站在獨裁政權的立場上想問題。

喬伊斯：所以就是這樣子了，所以無解。

李志德：所以今天在台灣關注香港問題，或者是關注香港這段時間的境況，都不是純粹追求一個道德、美感的問題，就是只是因為普世價值而去關懷他們。

張愛玲在《傾城之戀》的結尾說：「香港的陷落成全了她。但是在這不可理喻的世界裡，誰知道什麼是因，什麼是果？誰知道呢？也許就因為要成全她，一個大都市傾覆了。成千上萬的人死去，成千上萬的人痛苦著，跟著是驚天動地的大改革……」我覺得了解香港的經驗，對台灣來講其實是切身相關的，就是說，他們正在幫我們經歷一次那樣的事情。

喬伊斯：唉，踩在他們的屍體上往前走吧。

矢　板：對香港來說，就是說台灣是歐洲的話，香港是烏克蘭嘛，對吧？現在歐洲很多國家在支持烏克蘭，但是台灣對香港支持的力度，只是在選舉前用一下而已，這是很遺憾的事情。

第四章

新冷戰下的國際關係

24. 後川普時代的美國，台美日中關係如何看待？

喬伊斯：講到台灣的任何事情，一定都是要講到美國。（李志德：對。）對於美國通過的這些台灣的法案：《台灣政策法》、《國防授權法》，還有「川普後」的美國有什麼看法？

我先說菲爾對川普非常非常的反感，所以他每次講到川普的時候，如果他要寫什麼東西，我就跟他說，你可以避免就避免吧。雖然我也很好辯，但我很討厭在網路上寫個文章，就有極端份子要來錙銖必較爭辯。川普之後的拜登，大家都覺得他太老了，這是事實，不過菲爾一直不覺得在中國議題上，拜登會很軟弱。當時不少人的看法，因為台灣是那麼的捧川普，捧到一個不得了的境界，覺得只要拜登一上台，一定是完蛋了，就會向中國靠攏了。但是現在看起來並不是這樣子，你們對於後川普時代的看法如何？

矢　板：就這一點我們是可以講一下。你剛剛說台灣非常挺川普嘛，但台灣過去網路上選出一個「台灣挺川十大名人」[59]，我是第一名。（眾人大笑）

李志德：你竟然擊敗汪浩。

矢　板：對對對。這個也並不完全是我爭取來的（大笑）。但是，就對川普的看法，我們可能可以稍微有一點討論。

喬伊斯：所以對於「後川普時代」的美國，你們對於川普之後的美國，他們的政治在對台灣、中國或者日本，有沒有什麼看法？

58 **美國川普總統對中政策轉向**，美中貿易爭端源起於美國總統川普於二〇一八年三月二十二日簽署備忘錄時，宣稱「中國偷竊美國智慧財產權和商業秘密」。同年四月，川普總統要求美國貿易代表署依據「三〇一調查」，額外對一千億美元中國進口商品加徵關稅。

59 **台灣挺川十大名人**（2020/11/17），二〇二〇年《DailyView 網路溫度計》透過《KEYPO 大數據關鍵引擎》，分析美國大選期間被網友認為是「川粉」的名嘴、名人，排名如下：一、《產經新聞》台北支局長矢板明夫；二、名嘴汪浩；三、民進黨立法委員蔡易餘；四、台大政治系教授明居正；五、名嘴吳嘉隆；六、焦糖哥哥陳嘉行；七、（時任）桃園市議員王浩宇；八、（時任）基進黨立委3Q陳柏惟；九、作家顏擇雅；十、卡神楊蕙如。

矢　板：我們可以先聽聽反川普的意見，然後我們大家再討論。（笑）

喬伊斯：菲爾你是非常討厭川普的，聽聽你的意見。

菲　爾：就一個政治人物而言，川普是非常糟糕的，說謊、跋扈、沒有領導者的風範，甚至不是一個正直的人了。唯一的好處是，川普是為數不多、敢公開大聲對抗中國的世界領導人之一。長久以來各國在外交上可能都曾經站在中國對立面，但從來沒有以如此公開的方式表態，而且現在中國可能為此丟了很多面子。多年來，世界各國的路線一直不正確，例如世貿組織就是個好例子，不管中國如何說「哦，是的，我們會遵守所有規定」，它總是立即開始打破所有規則，然後僥倖逃脫了懲罰。

儘管我對川普的意見很多，但面對中國一直在貿易上作弊和貪腐，他確實對中國這樣說：「你不能繼續這樣做，尤其是在貿易上。」至於拜登，其實他沒有多少真正的選擇，美國的抗中政策只能繼續下去，我也一直都希望美國這樣做。特別是在烏克蘭事件發生之後，裴洛西和其他美國高級官員來台進行訪問，這意義非同小可。我認為整個西方，甚至德國都可能會跟進。

我認為在後川普時代如果能帶來任何好處，那就是對中國的強硬立場，當然這是台灣最重視的，因此我也可以理解為什麼台灣人支持川普。這就是我說的，特別是在烏克蘭之後，特別是在談到中國和俄羅斯之間的某種軸心之後，這讓人們更加警覺。

我不認為中國和俄羅斯形成軸心國的這種情況會發生，因為中國本身已經有太多可能的風險和損失，所以這不太可能發生。但無論如何世界已經發生了變化，人們開始對中國說不、開始反擊，不讓中國認為他們可以為所欲為——佔領所有5G、建造核電廠、在非洲修橫跨公路等等。人們現在正在反擊，我認為這對良好的全球平衡來說是有積極意義的。

矢　板：基本上我聽菲爾這個邏輯還是在誇獎川普的，但是我們現在沒有在討論人格啊，這就是個政治人物啊。

喬伊斯：（延續說明菲爾的立場）從一個政治人物來看，川普就是不停地對政府說謊、對人民說謊，而且是說很不可思議的謊，並不是隨便說一點小小的事情這一類的。我自己認為川普反中當然非常好，身為台灣人當然非常歡迎，但就一個政治人物而言，我覺得他很糟糕，我認為他也是不登大雅之堂的人物，是會令我感到不好意思的總統。就像如果柯文哲出來嚴厲批評中國，我還是不會給他加任何分，但是這樣說，川粉會覺得是一種侮辱吧？總之川普對中國的立場，是的，我認為是非常好的。

矢　板：不不，我們就是說，美國國內的政治怎麼樣，和川普到底道德品性怎麼樣，並不能劃上等號。就像我剛才講的，政治人物大多是人渣嘛。（眾人大笑）

矢　板：回到核心，就是對我們有用沒用嘛，對不對？

喬伊斯：他對我們是絕對有用的。

矢　板：我覺得川普的最大貢獻，剛才也是這樣講的，就是說他拍板決定結束了美國的「一個中國路線」啊。中國的綏靖路線是川普結束的，而且他結束地非常徹底，而這整個世界的方向也因此被帶出來了。

過去大家都是寬容中國，允許中國發展，但川普他二〇一八年開始的美中貿易戰之後，把整個世界全部扭轉回來，才有今天國際社會的局面。我剛查了一下那個「台灣挺川十大名人」網路聲量調查，我是第一名，然後第二名汪浩，第三名是蔡易餘，第四名是明居正，第九名是顏擇雅。反正這個是《網路溫度計》選出來的，主要是因為我在一個節目上說：「天不生川普，萬古如長夜。」（眾人大笑）

李志德：那你真的第一名，跟孔夫子（相比）。（眾人大笑）

矢　板：川普讓整個世界改變了嘛。

喬伊斯：菲爾認為對中國敢言是川普唯一的貢獻。

矢　板：有貢獻很好，很多政治人物是沒貢獻的。（眾人大笑）

喬伊斯：所以對於台灣政策法，你們看法如何？

矢　板：對川普，志德你還不表明一下立場。（眾人大笑）

李志德：關於川普我自己這樣看，就是川普作為一個人，甚至作為一個政治人物，這是一件事，他的路線是另外一件事——也就是說這個路線不見得成就於川普，可能成就於彭斯[60]、蓬佩奧[61]、余茂春、白邦瑞[62]、博明[63]，或是他們下頭的這些人。至於川普到底為什麼會聽部下的話，去做了終結對中國綏靖政策的這個政治決定，我覺得這是一個謎！他是很理性，完全基於對中國的認識，所以才這樣嗎？倒也不見得。以他在其他方面的表現，我不覺得他是一個很清醒的人，但他就是做了這件事情。

我舉一個例子，譬如我在家裡燒開水，水滾了溢出來把火澆熄了，所以瓦斯就一直漏出來。這個情況下很危險，我就告訴我的小孩說：「欸，你去

60 **麥克・彭斯**（Michael Richard "Mike" Pence，1959－），美國共和黨籍政治人物、律師，曾於二〇一七年至二〇二一年擔任美國第四十八任副總統兼參議院議長。二〇一八年十月在美國智庫哈德遜研究所（Hudson Institute）發表公開演說，總結了美國川普政府對中國方針的轉折、定調與最終立場。其演說重點有：回顧美中關係歷史，認為「民主自由的希望，如今已經落空」；關於「中國崛起」，「是以犧牲美國的利益為代價」；中國統治者透過「社會信用評分」制度，打壓國內人權與自由；「台灣為所有中國人揭示了更好的一條路」；詳述中國在美國與世界各地及各領域的「銳實力」；點明在川普的領導下，「中國的好日子結束了」；最後聲明新的全美共識：「我們（美國）絕不會讓步」。

61 **邁克・蓬佩奧**（Michael Richard "Mike" Pompeo，1963－），美國第七十任國務卿（2018－2021），卸任後加入保守派智庫哈德遜研究所擔任特聘研究員（distinguished fellow）。曾任美國陸軍軍官、堪薩斯州聯邦眾議員和中央情報局局長。

62 **白邦瑞**（Michael Pillsbury，1945－），美國國防政策顧問，前美國聯邦政府官員，中國問題作家，著有《2049 百年馬拉松》；自二〇一四年起擔任哈德遜研究所中國戰略中心主任。

63 **博明**（Matthew Pottinger，1973－），美國前白宮官員、新聞記者及美國海軍陸戰隊軍官。二〇一九年九月至二〇二一年一月擔任美國副國家安全顧問。曾赴台灣學習中文，於川普執政期間主張對中國採取強硬立場。

把它關起來。」小孩就照做了。小孩子跟我對於瓦斯外洩的危險認知並不一樣，但是他的貢獻，就是把瓦斯關起來是他動的手。我覺得川普在這件事上面就像那個小孩子，而彭斯或是其他人就像是意識到瓦斯外洩的那個人。換言之，我沒有辦法證明，川普是真的完全了解中國的這個問題，因此去做一個極大的改變，他可能不是這樣的人，但他就是去把那個瓦斯關起來了。

菲　爾：這就是美國政府運作的模式，總統身邊有很強的幕僚告訴他做什麼，如何執行。

25. 政治上「定調」是重要的

李志德：對。所以台灣有很多人對於川普的支持，其實來自於對川普「路線」的支持。我不知道這個例子是不是恰當，譬如前英國首相強生[64]，你叫一個烏克蘭人去評價強生，跟英國人評價，那肯定不一樣，因為強生是在烏克蘭最危險的時候，以英國首相的身分自己跑到烏克蘭，然後還站在基輔跟路人打招呼，所以烏克蘭人看到強生，可能就跟我們看川普的感覺差不多吧。

菲　爾：是的，沒錯。總統可以是一個白痴，只要知道如何聽從聰明的幕僚團隊，然後執行就好。（眾人大笑）強生去了烏克蘭，英國人都知道他是為了挽救自己的國內聲量，去支持這件事是對的，英國人的看法是正面的，但是這個行為並沒有為他加太多分，因為他在國內實在太糟糕了，這個要靠去國外挽救聲量的伎倆一看就知道，你看他很快就下台了。但是從台灣看他，就是單一因素，可能是個英雄吧？

64 **鮑里斯．強生**（Boris Johnson，1964－），英國保守黨籍政治人物，二〇一九年七月至二〇二二年九月擔任英國首相。強生在二〇一六年年初成為媒體關注的中心，他拒絕澄清對英國脫出歐盟的支援，並在「英國脫歐公投」運動中贊成投票脫歐。二〇二二年八月二十四日是烏克蘭獨立日，也是烏俄戰爭滿六個月的日子，時任英國首相強生突訪烏克蘭首都基輔（Kyiv），稱許烏克蘭人民抵抗俄羅斯入侵的堅強意志。

現在全世界對中國和台灣的意識越來越高，是因為香港和烏克蘭受到媒體高度關注，因此世界變得越來越關心台灣議題。尤其烏克蘭讓人們認為俄羅斯和中國是同一回事，某種程度上來說都是獨裁並且做壞事，還有香港的情況也很糟糕，結果就是對台灣有幫助。十年前在倫敦酒吧裡喝酒的平凡英國人不會知道台灣是什麼在哪裡，但是他們現在都知道了，我認為這是一件好事。

李志德：有的時候政治這件事情很奇妙，就是「定調」這件事非常重要，而定調通常在第一時間就已經確定了。去年七月在英國的時候，我們走在倫敦西敏區（Westminster），經過英國外交部，抬頭一看！看到外交部上頭升的是烏克蘭國旗。後來發現：「哇，政府官署升的都是烏克蘭的國旗！」那是非常真誠的支持，就是英國所有的政府官署上面，升起來的都是烏克蘭國旗。

這種事情也就是在第一時間，就必須「定調」，定調之後，人民的意志或是主流的意志就形成了，接下來再上來的人，就不得不跟隨這件事情。我覺得英國對烏克蘭是這樣，我也這樣理解美國對中國的關係，就是川普定了一個調子以後，拜登也得跟上來。

喬伊斯：當然我這個比喻可能不太對，這就有點像是如果說有人要發農場文或者認知作戰一出去，開頭先定了一個調，然後過了十二個小時、一天、兩天或三天，你再來反駁已經來不及了，因為已經被定調了，有點類似這個意思。

李志德：就「設定議題」（agenda setting）這件事，定調之後，事情就這樣確定方向了。

26.烏俄戰爭對美國布局東亞有哪些影響？

喬伊斯：你們認為烏俄戰爭對美國在東亞、亞洲的布局，會有什麼影響？

李志德：哦，有哦……很大。

矢　板：我覺得台灣其實二戰以來一直蠻幸運的，真的。

李志德：對，真的。

矢　板：當年的一個朝鮮戰爭打消了台灣立即被侵略的危機，本來毛澤東是想渡海攻台的，朝鮮戰爭驟然爆發，結果使全世界的注意力都到那裡去了，然後中國介入抗美援朝以後，中國就沒有時間、沒有能力渡海雙面作戰了，於是美國在第一時間第七艦艦隊就進來台灣海峽了。

這一次也是一樣，在最關鍵的時刻，又在別處發生戰事，所以台灣一下子聚集所有全世界的目光。就是說，大家想像台灣可能出現的事情，結果瞬間全在烏克蘭出現了，而且大家支持反對改變現狀的這種決心和鬥志都起來了，所以說現在全世界大家都正關注台灣海峽，都是因為烏克蘭。

最明顯的例子包括日本，如果說沒有這個烏克蘭戰爭的話，日本人都不相信真的會有戰爭！不光日本，全世界大多數區域七、八十年幾乎都沒有打過大戰，我們所有的人在自己有生之年的記憶裡面都沒有戰爭。

所以說一旦戰爭真的可能打起來，如果台灣發生戰爭，日本一定會被捲入，所以現在日本開始布局。我過去在日本上高中、大學的時候，日本反戰的力量是非常強的，哪怕國防預算增加一點點，整個國會就會被抗議到動彈不得。但是現在日本呢？日本增加國防預算，已經成全民共識了，現在爭的是要發行國債還是增稅。我三年前離開日本來台灣的時候，日本的輿論還不是這樣具有危機意識的。現在的日本不是備戰和反戰之爭，而是

我們要不增稅，要不就發行國債，現在國會在為了這件事吵架。欸，你們增加國防已經同意了嗎？（笑）

菲　爾：這可能和安倍晉三的推動有關，他一直在努力擴大國防力量，因此這件事情變得非常有趣。

喬伊斯：志德你認為呢？

李志德：其實跟大家想法差不多，真的是非常市井小民的講法，就是台灣真的是好命！當台灣要發生災難的時候，就能抓到交替。在一九五〇年的時候，韓國幫你擋掉了，這一次，香港人先擋在前面，接著烏克蘭又擋在前面，然後告訴台灣人說，文明毀滅和戰爭這件事情它是真的會發生的。

喬伊斯：但是台灣，我覺得有點不太一樣的是，好像你聽到「狼來了，狼來了」太多次，你看到了香港，你再看到烏克蘭，但是台灣到目前為止還是好好的，因此還是很多人覺得戰爭這件事是不會發生的，或是相信國民黨說好好聽話，戰爭就不會發生。

李志德：應該這麼說，頭要埋在沙子裡的人，他永遠就是埋在沙子裡面，或者是說，今天他如果選擇把頭還埋在沙子裡面的話，他將來就會選擇投降，不過我覺得就不用去和這一群人爭辯。對另外一群受到影響的人就是，在烏克蘭戰爭發生之後，對於思考台海戰爭，我覺得已落實到操作面上，對美國人都有了很大的影響。

我們剛剛看到的戰略與國際研究中心（CSIS）的兵推裡面，特別考慮台灣跟烏克蘭不一樣的地方，因為這是一個海島，所以所有的武器、需要的裝備，要預先大量囤儲在這裡，否則開戰以後，是運不進來的。像烏克蘭，開戰以後，還可以從波蘭、從任何地方運進去。台灣是沒有辦法的，所以一定要預先存在這裡，為了預先存在這裡，就會落實到法案上。譬如說，在法律的設計上面，通過了《國防授權法案》[65]，讓美國有法律依據，可以預先把裝備囤儲在這裡。到時候如果美軍要參加的話，美軍坐著客機空手來，就能帶上裝備、就可以打仗，這個會完全影響到美國對於台海戰爭的準備，而且具體落實到操作面上，這個是烏克蘭戰爭帶來的影響。

菲　爾：我認為烏克蘭讓西方世界的思想集中，就是姑息的綏靖政策不再是一種選擇，認清當初世界各國那個「好吧，先讓你拿下克里米亞」的態度是有問題的，因為接著就是俄羅斯入侵了烏克蘭，所以這種方式是行不通的。最近美國在菲律賓增派了更多的軍隊，這將有助於台灣，因為如果出現問題，他們就在附近。還有美國的雷根號航空母艦就在橫須賀，他們也可以從海上的航空母艦上執行任務。現在日本首相和英國簽署了一項防衛協議，這樣英國就可以在日本駐軍，日本也可以在英國部署軍隊。

因此烏克蘭確實讓西方世界對未來可能發生的事提高警覺，例如台灣，他們現在知道必須迅速採取行動，我是指美國在第二次世界大戰後沿著太平洋建立的兩條防線——第一島鏈[66]和第二島鏈[67]，通過太平洋島嶼上下貫穿菲律賓、關島和所有其他基地，包括沖繩和日本，對抗中國，這就是設計的目的。

現在他們正在加強這一防線，還記得歐巴馬「重返亞洲」的亞洲再平衡政策嗎？當時他把外交重心轉向亞洲，他在澳洲和太平洋地區進行高調訪問，就是要傳達一個訊息：我們致力於太平洋地區，在這個地區我們非常

---

65 **二〇二三年度美國國防授權法案**（National Defense Authorization Act，NDAA），是美國聯邦法律，規定了國防部二〇二三財政年度的預算、支出和政策，六十年來，美國每年都會通過類似的法案。本法案納入《**台灣增強韌性法**》（Taiwan Enhanced Resilience Act，簡稱「TERA」），授權自法案生效起五年美國提供台灣一百億美元軍援、加速處理台灣軍購請求，並邀請台灣參與二〇二四年環太平洋軍事演習等。

66 **第一島鏈**（First island chain），是指東亞的海岸線往東向太平洋島嶼北起日本群島、琉球群島、中接台灣，南接菲律賓、大巽他群島至紐西蘭的鏈形島嶼帶之間的廣泛海域。二戰勝利使得美國能把防線推進到亞洲沿海，由美國與盟國控制的第一島鏈。在第二次世界大戰與韓戰期間，美軍將領麥克阿瑟將位於第一島鏈中點的台灣譽為「不沉的航空母艦」，而中華人民共和國方面毛澤東也發動針對台灣的一連串作戰，但鎩羽而歸。第一島鏈海域對於美軍防守中國人民解放軍是最有效益的區域。

67 **島鏈戰略**（Island Chain Strategy），是由美國前國務卿杜勒斯在一九五一年冷戰時首次明確提出的一個特定概念，它既有地理上的含義，又有政治與軍事上的內容，其用途是圍堵亞洲東岸，對蘇聯、中國大陸等共產主義國家形成威懾之勢。第一島鏈如前註所述，而關島是第二島鏈的中軸。

擅長，我們曾經在菲律賓和其他亞洲國家都投入了鮮血。這都是真的，美國在第二次世界大戰期間的確做出了犧牲，如果美國放棄他要宣揚的價值，那麼這些人就是白白犧牲了，我不認為美國會這樣做。烏克蘭讓西方國家加強了這一防線，這種趨勢也在加強。

喬伊斯：所以烏克蘭戰爭對美國或是世界的影響，就是把台灣推出來，承認一直去容忍中國是沒有用的，必須有一些行動。我是知道菲爾一直覺得，美國除了自身的利益之外，還是有那麼一些時候是為了維持民主自由，美國軍人為了其他國家拋頭顱灑熱血，不只是純粹為了美國利益。或者應該說，維護民主自由，就是它的利益之一？

李志德：評論家張國城老師講過一句話，我對這句話印象很深刻，他說：「這個國際社會，當然是不講道義的，但是在這個各種不講道義中間，只有美國還是講點道義的。」

喬伊斯：菲爾也是覺得還是有的。

李志德：我認為美國對於台灣的這個承諾，在烏克蘭戰爭之後其實有非常大的提升，而且這個提升就是落實到操作面上。這件事對台灣最大的影響，還是軍事實力，這個軍事實力不光是軍備，其實還包括了台灣軍隊的現代化。

台灣的軍隊從一九四九年國民黨遷到台灣之後，現代化最重要的驅動力，就是來自美國。譬如說，一九四九年以後，大量靠美國人的裝備、美國人的訓練，讓國軍擁有今天的規模。

之後台美斷交，台灣軍隊失去了主要的現代化動力，特別是《八一七公報》[68]裡面談到對台灣的軍購要逐漸地遞減，簽了《八一七公報》之後，

68 《八一七公報》全稱《中美就解決美國向台出售武器問題的公告》，是於一九八二年八月十七日簽署的，該公報的最終目的，是為了徹底停止美國對台武器出售的問題而簽訂的，該問題在《上海公報》和《建交公報》中都未有效解決，雙方只是闡明了各自的立場，未達成共識。但是在此公報中，除了美方首次強調將逐步減少對台武器銷售之外，中國則重申「爭取和平解決台灣問題」，而美國也對此表示「讚賞」。

美國人就發現「糟了，闖禍了！」台灣國防就會越來越衰弱，所以連忙推出一個「六項保證」[69]，說在這六個前提之下，才可以減少對台灣的武器出售，譬如說你要和平解決等等。配合《台灣關係法》的訂定，讓台灣有了新的安全保障架構，但強度當然很低，所以台灣一度轉向法國採購主要裝備拉法葉艦和幻象戰機。

剛剛講的第三波就是，到了烏俄戰爭之後，美國人突然覺得「武裝台灣」這件事情很重要，所以就開始越來越積極地大量進來分享。美國對台灣最大的影響，就是會積極訓練台灣的軍人，改革觀念，更新裝備，開始把更多在現代戰爭當中需要的技術教導給台灣，這對台灣的影響是非常深遠的。

將來我們這個國家能夠存活下來的話，這一段時間，美國人讓台灣的國防再提升上去，這件事情其實是至關重要。反過來看，為什麼認知作戰要去打擊台灣跟美國的軍事合作？因為中國知道，這件事情對台灣的影響是非常非常深遠的。

矢　板：這次烏俄戰爭之後，全世界的目光集中在台灣海峽，我覺得這是非常非常重要的，其實國際社會每天都會發生各種各樣的事情，大家都看不到、裝看不見，這是常態，但是一旦看到之後，就不能裝啊，就是有一句話叫做「目擊者的責任」，你看見以後你總要做點什麼有所反應嘛。

菲　爾：這就是為什麼人們開始注意到台灣，因為無法再假裝沒看見。

矢　板：所以說我覺得這個對台灣來說非常重要，讓大家不能再假裝看不到了，必須要有所動作、有所反應。包括這次美國的氣球也是，飛了多少天？大家裝看不到。但一旦你告訴他，真的有間諜氣球的話，沒辦法，一定要處理

69 〈六項保證〉（Six Assurances）是美國對台灣關係的指引規範，是由美國政府在一九八二年與中華人民共和國政府簽署《八一七公報》時向中華民國政府提出。這〈六項保證〉是美國政府對於《八一七公報》內容的單方面澄清，並對台灣與美國國會雙方面提出保證，雖然美國先前已經與中華人民共和國建立正式外交關係，但對台灣的承諾不變。

嘛。所以我覺得這是一個非常重要的關鍵，對台灣來說，烏俄戰爭發生因此讓台灣被重視，是台灣非常幸運的地方啊。

27. 美國在印太的戰略布局、日英同盟以及國際上的各種合縱連橫

喬伊斯：所以美國是這樣子，接著又看到日英同盟[70]，岸田文雄去訪問英國，這些和烏克蘭戰爭有什麼樣的關連？

矢　板：美國在印太戰略上的布局是沿著五眼聯盟[71]、五強協議[72]與跨太平洋夥伴全面進步協定（CPTPP）[73]開展的，並又由日本前首相安倍晉三提議開展出美日澳印四方安全對話（Quad）[74]。其中 CPTPP 和 Quad，日本都扮演關鍵角色，使得日本逐漸重拾亞太區域經濟和安全秩序的領頭地位。而日本首相岸田文雄前不久他去這個G7[75]會議的各國都去拜訪一次。後

70 **英日同盟**（**Anglo-Japanese Alliance，1902/1/30**），日本稱作**日英同盟**（にちえいどうめい **nichi-ei dōmei**），簽訂並生效於一九〇二年一月三十日，至一九二三年失效，旨在英國和日本兩國為了維護其各自在大清與大韓帝國的利益而結成的互助同盟。盟約雙方對大清及大韓帝國的獨立地位達成共識，承認且尊重各自在兩國所具有的特殊權益及對其進行保護的行為。簽約方承諾在另一方對清韓二國發起的戰爭中保持中立，並保證在簽約國與多於一國進入戰爭狀態時給予支持。英國與日本都從英日同盟中獲得巨大利益，特別是日本崛起的一大關鍵。對剛崛起的大日本帝國而言，與大英帝國結盟大大提升了其聲望與自信心，讓他們敢於在兩年後發動日俄戰爭；對英國而言，英日同盟有利於遏止其帝國主義老對手俄國在遠東的擴張。

71 **五眼聯盟**（**Five Eyes**），是由澳、加、紐、英、美五個英語圈國家所組成的國際情報分享聯盟，共同搜集分享人工、訊號、地理、軍事、安全等情報，歷史最早可以追溯到第二次世界大戰同盟國所發布的《大西洋憲章》。

72 **五強協議**（**Five Power Defence Arrangements，FPDA**），又名**五國聯防**，是英、澳、紐、馬、新加坡五個大英國協成員國在一九七一年簽訂的多方協議，主要商討當馬來西亞或新加坡遭受襲擊時，協議國採取的反應和所能給予的軍事援助。同時它也是馬新聯合空防系統（**Integrated Air Defence System**）的一部分，是西太平洋地區的軍事安全組織。

73 **跨太平洋夥伴全面進步協定**（**Comprehensive and Progressive Agreement for Trans-Pacific Partnership，CPTPP**），原稱為**跨太平洋戰略經濟夥伴關係協定**（**The Trans-Pacific Partnership，TPP**），最初是由亞太經濟合作會議成員發起，從二〇〇二年開始醞釀的一組多邊關係的自由貿易協定，旨在促進亞太地區貿易自由化。二〇一七年美國總統川普簽署行政命令退出 **TPP**。同年 **TPP** 改組為 **CPTPP**，同時凍結二十二條美國主張但多數成員反對的條文。二〇一八年三月由日、加、澳、紐、馬、星、越、汶萊、墨、智利及秘魯共同簽署。同年底該協定正式生效。

74 **四方安全對話**（**Quadrilateral Security Dialogue**，縮寫為 **QSD** 或 **Quad**），是美、日、印、澳之間的非正式戰略對話，於二〇〇七年由時任日本首相安倍晉三發起，得到時任美國副總統錢尼、印度總理辛格、澳洲總理霍華德的支持。四方安全對話還進行了名為馬拉巴爾的軍事演習。二〇二一年的聯合聲明「四方精神」強調了對自由開放的印太共同願景，這是東海和南海基於規則的海事秩序，並承諾應對 **COVID-19** 的經濟和健康影響。

75 **七大工業國組織**（**Group of Seven**，簡稱「**G7**」），是由世界七大已開發國家經濟體組成的政府間政治論壇，正式成員國為美、加、英、法、德、義、日，歐盟為非正式成員。**G7** 並非基於國際條約設立，也無常設祕書處或辦公室，主席國每年由成員國輪流擔任，通過定期會晤和磋商，討論和協調國際社會面臨的重大經濟和政治問題。一九七六年 **G7** 第一次會議；一九八一年起歐洲共同體及繼任的歐盟成為常設非正式成員；一九九八年俄羅斯正式加入形成「八大工業國組織」（**G8**），二〇一四年因俄羅斯佔領烏克蘭領土克里米亞，其成員國資格被凍結。成員國重新以「七大工業國組織」（**G7**）名義繼續運作。

來又閃電訪問烏克蘭與總統澤倫斯基會談，堅定日本支持烏克蘭對抗俄國的決心，並宣示將提供大筆援助。這個是日本多少年以來，戰後開始重新在國際社會舞台上作為一個主導參與者。過去日本只是給美國提包（かばん），替美國提著什麼？提著錢，對不對，然後美國說「付錢」，日本打開包——一般小弟是替大哥提錢，結果日本不一樣，是小弟提自己的錢。（笑）所以說，很沒有尊嚴的。

菲　爾：日本現在是G７輪值主席國。

喬伊斯：所以現在不一樣了。

矢　板：對，為什麼呢，因為現在國際社會也需要。俄羅斯是個威脅，那麼中國又是更重要的威脅。對於俄羅斯，歐盟大家可以清楚協議應對；但是對付中國的威脅，日本是一個非常非常重要的角色，所以日本這一次終於走出戰後萬年小弟兼出錢凱子的這個位置了嘛。

而且戰後七十多年拍的所有的電影，都是日本人、德國人是壞蛋，特別是跟國際局勢相關的戰爭電影。現在終於以後拍電影，俄羅斯、中國是壞蛋，日本總算翻過一頁，這個對日本也是非常重要的，就像日本前首相安倍晉三講的，雖然日本面對過去的二戰歷史必須「深切反省和衷心道歉」，但「不能讓與戰爭無關的一代人背負著繼續道歉的宿命。」日本終於可以作為一個正面人物出現在台灣海峽和國際社會，所以說這對日本而言是非常重要的，日本也希望積極參與國際布局。

換句話說，過去美國到歐巴馬時代就開始有點力不從心了，就是在國際布局上美國是世界警察，哪裡都是美國負責嘛。後來川普就是說：「我們不管了，換我們躺平，你們自己付錢自己弄。」那麼現在呢？當然歐洲是比較消極，歐洲說：「美國還是你來，還是你來。」

日本很積極，你讓我來就馬上接手。因為日本想，終於在戰後，可以重新建設國防，變成一個普通的國家了！所謂變成普通的國家，一個是可以發展軍備，另一個是在外交上，找到朋友和找到敵人嘛。過去日本也不敢說中國是敵人，現在終於開始用各種的外交和軍事同盟加強遏阻圍堵中國擴張的企圖，也開始發言警示中國不要輕舉妄動。另外一個呢，也要朋友，那麼剛剛講的一九一二年的日英同盟，是明治維新之後，日本作為近代國家崛起的非常重要的一個台階。日本認為，當時日英同盟的解散是日本後來失敗的一個非常重要的原因，所以說，現在能夠和英國重新簽定這個條約，開始可以軍隊互助，某種意義上對日本是一個非常非常重要的里程碑。今後我想對英國也是，當美國漸漸退下去的時候，就是山中無老虎——山中老虎年齡大了嘛，最近有點都跑不動了，所以說那個猴子大家都會開始活躍一下。（笑）

喬伊斯：兩個人可以互換一下。

矢　板：對對對，英國、法國、……大家都開始蠢蠢欲動，都希望在新的國際社會嶄露頭角，而舊的國際秩序已經漸漸崩潰掉了，新的國際秩序正在形成，日本、英國這些國家，都想在新的國際社會中能夠有自己的角色嘛，而且是相對比較重要的角色。所以我覺得這一次的烏俄戰爭之後，一定會帶來國際秩序的重組，在國際秩序的重組過程中，很多的自由民主國家也開始積極運作了。

菲爾：我覺得有趣的是原來只是G7，以前你整天只聽到討論G7，G7，G7，後來變成G7加一，然後是G8加一，俄羅斯開始參與，中國也被包括在內。你知道，G20[76]、G77[77]——他們試圖擴大成G77但沒有成功，因為它變得太大了，不能做任何決定。

76 **二十大工業國**（Group of Twenty，簡稱「G20」）是一個國際經濟合作論壇，於一九九九年在德國柏林成立，由七國集團（加、美、英、法、德、義、日）、金磚五國（巴西、俄羅斯、印度、中國、南非）、七個重要經濟體（墨西哥、阿根廷、土耳其、沙烏地阿拉伯、韓國、印度尼西亞、澳洲）及歐盟組成。按照慣例，國際貨幣基金組織與世界銀行列席該組織的會議。

77 **七十七國集團**（Group of 77），於一九六四年成立，創始成員國有七十七個，總部設在日內瓦，現在已擴展為一百三十四個開發中國家組成的經濟組織，旨在促進其成員的集體經濟利益，並在增強其聯合談判能力。主席由來自亞非拉三大區域的成員國按地區原則輪流擔任，任期一年，二〇二三年主席國為古巴。

現在俄羅斯和中國被完全排除在外，又回到了G7。這些是二戰後世界上最強大的經濟國家，他們開始討論要如何在具體議程上應對中國，我對他們正在團結起來一事非常感興趣，這是令人興奮、超越外交的事情。或許原來只是外交官談談如果台灣發生什麼事，我們該怎麼辦？但現在這種討論已經浮現到G7級別的討論。台灣過去從未靠近這些會議的議程，現在幾乎已經成為首要議程了，這是件好事。

28. 烏俄戰爭後，會形成另一個「軸心國體系」嗎？

喬伊斯：所以這個世界從G7，後來越來越擴張到G20，到現在又回到G7，然後中國跟俄羅斯都已經排除在外，又變成原來這幾個主要的國家，包括日本。這回到我們稍早一點談到的，有沒有中國和俄羅斯成立另外一個軸心國體系[78]的可能？這算是個軸心國體系嗎？

矢　板：我覺得已經形成了。就是說，我認為現在是兩大、兩小的這個破壞國際秩序的國家。兩個大的國家，一個俄羅斯，一個中國；小的一個是北韓，一個是伊朗吧。基本上是這四個。當然，另外比如敘利亞、委內瑞拉那些國家，他們只剩國內有各種戰事，不可能去干涉國際秩序。但這四個國家現在漸漸形成在一起，是現在國際秩序的挑戰者。

這一次俄羅斯開始侵略烏克蘭，就使過去的冷戰變成熱戰。其實我覺得今後國際社會就要開始形塑對付這幾個麻煩製造者的處理方式。所以說，我認為這個軸心國是一定會形成的，那麼現在中國跟俄羅斯的關係比較微妙，因為雖然是一個軸心國，但是誰當老大，現在擺不平嘛。現在中國想俄羅斯被打殘了以後，收他當小弟，基本上心裡面是這麼想的。

78 **軸心國**（Axis power），是在第二次世界大戰中結成的戰爭聯盟，以德國、義大利、日本三個國家為中心。一九四〇年九月二十七日德國、日本和義大利三國外交代表在柏林簽署《德義日三國同盟條約》（即三國公約），成立以柏林－羅馬－東京軸心為核心的軍事集團。這個軍事集團的成員被稱為「軸心國」。

那麼，這是一個新的國際秩序的形成，我認為美國、北約[79]是想把俄羅斯徹底打殘以後，把他變成一個真正的民主國家。就是北約一口氣東擴到了俄羅斯，直接東擴到庫頁島，跟日本接在一起。現在包括最近的岸田去歐洲也是這個想法，如果這樣的話，真正對中國的包圍網就徹底完成了！我覺得，烏俄戰爭雖然還在持續，但是俄羅斯已經輸了，不管怎麼樣，他已經失去了軍事大國和政治大國的地位。目前新的課題就是，戰後的俄羅斯怎麼解決？所以我認為現在中國的想法是，趕緊出來當和事佬，在俄羅斯沒有被徹底打殘之前，趕緊收個小弟。（眾人大笑）應該是這麼一個邏輯啊。

菲　爾：以中國和俄羅斯為例，一個是前共產主義國家，一個是共產主義國家，兩個都有獨裁者威權統治，都沒有公平的選舉。從柏林圍牆倒塌起，前蘇聯集團解體消失了，這是為什麼在烏克蘭發生戰爭，因為現在俄羅斯想把那個蘇聯集團重新組合起來。

李志德：比較像華沙公約[80]。

菲　爾：是的，華沙公約國家。他們全部分裂了。

李志德：所以是北大西洋公約組織（NATO）對抗華沙公約組織？

菲　爾：是的，而且北約的擴張速度也在加快，這讓俄羅斯處於不利的地位，所以俄羅斯想要在自己和北約之間建立一個緩衝區，就是烏克蘭和波蘭。因此接下來要擔心的是波蘭，如果他們離開烏克蘭，就可能會入侵波蘭。這是一個理論，但我個人不認為可能會發生。是的，你可以說這是個所謂的「俄羅斯軸心」，例如烏克蘭戰爭一打起來的時候，就有人猜測中國會參

79 **北約**（NATO），**北大西洋公約組織**（North Atlantic Treaty Organization）的簡稱，歐洲、北美洲國家於一九四九年起為實施防衛合作而建立的國際組織，擁有大量核武器、常設部隊，是西方的重要軍事力量。這是二戰後西方陣營在軍事上實施戰略同盟的標誌，亦是馬歇爾計劃在軍事領域的延伸、發展，是以美國、英國、法國為首的歐洲防衛體系。

80 **華沙公約組織**（Warsaw Treaty Organization），是一九五五年為對抗西方資本主義陣營北大西洋公約組織勢力，由蘇聯發起成立的共產黨國家政治軍事同盟。一九九〇年兩德統一後東德退出華約，華約便逐漸陷入癱瘓狀態，翌年華約組織宣告解散。目前大部分東歐原華約成員國在冷戰結束後都加入以美國為首的北約。

戰，這是胡說八道。但是在人們的腦海裡，他們會想：「啊，他們是同一類的！」就這個角度來看，對，可以算是個比較寬鬆、已經存在的軸心。然而這和例如美國、英國、日本等國家之間的同盟國關係是不能相比的，他們的關係非常堅定強大。

李志德：我覺得裡面還有經濟因素，因為在二戰時代，國際經貿沒有現在這麼發達。經貿其實也是觀察國際局勢的一個重要因素，藉著這個經濟層面開展，一方面結盟，二方面就是中國要輸出他過剩的經濟發展的產能，所以才有「一帶一路[81]」的這件事情。換言之，中國一帶一路主要的方向，其實也就是政治上結盟的方向，像中亞或者是南亞這些地方。只是說一帶一路現在看起來沒有很成功，所以我們目前觀察到比較明顯的，大概主要是政治上的結盟。

29. 新冷戰下的「美中對抗」會是以「代理人」進行的戰爭嗎？

喬伊斯：這種就是國際重整，聽起來其實我是覺得還滿樂觀的。不過還是不能夠避免可能有中國要打的可能性，如果中國打了，美國講很多次，他們一定會介入。你們想像中的台海戰爭會是什麼樣的戰爭？

李志德：拜登至少四次公開發言表示，中國若出兵攻台，美軍將介入。至於介入的方式會是什麼？是直接短兵相接，或是透過包括台灣在內，以「代理人」進行的戰爭？是目前專家學者正在探討的議題。

不過我覺得如果在過去，兩岸如果開戰的話是比較局部的戰爭，也就是說

81 一帶一路（The Belt and Road Initiative，縮寫為「B&R」），是「絲綢之路經濟帶和廿一世紀海上絲綢之路」（The Silk Road Economic Belt and the 21st-century Maritime Silk Road）的簡稱，是中華人民共和國政府於二〇一三年倡議並主導的跨國經濟帶，投資近七十個國家和國際組織。其範圍涵蓋中國歷史上絲綢之路和海上絲綢之路行經的中國、中亞、北亞和西亞、印度洋沿岸、地中海沿岸、南美洲、大西洋地區的國家，被視為中共中央總書記習近平「大國外交」戰略的核心組成部分，並於二〇一八年被納入《中華人民共和國憲法》，預計於二〇四九年目標完成，正是中華人民共和國成立的第一百週年。

讓台灣人自己去打，但是美國我背後給你各種支援，譬如說裝備上的、情報上的協助，這些東西在現代戰爭裡面，其實是至關重要。但是美國人、日本人不會開著飛機在戰場上出現。

但是經過烏俄戰爭，再加上拜登這一輪發言之後，我覺得就不好說了，我真的覺得不好說。或者是說今天美國是否會實際參戰？我們還不敢講。但以前看日本的話，我覺得日本大概是不會加入的，就連暗地裡提供一些援助都可能感覺壓力很大，但是如果說未來五年、十年內台海爆發戰爭的話，說不定日本都會加入進來。

這個其實取決於中國。就是說，如果中國在戰爭發生的時候，就暗地裡跟美國、日本暗通款曲說「我不會打到你們」，就會影響美國、日本介入的意願。事實上在國共內戰，乃至於到後來金門八二三砲戰的時候，中共就一直有個政策，就是「只打蔣軍，不打美軍」——就是不打美國人，中共的想法就是我不想跟你美國人開戰，所以你美國人來，我就叫你不要來，但是我不會打你，因為我打你的話，我就要跟你開戰。

所以我覺得像中國有金燦榮[82]這些瘋子在網路上說，「日本敢來，我們就打琉球！然後美國敢來，我們就打關島！」但是你想看看，大家會覺得美國不願意單純、輕易地跟中國開戰，因為對方是個核武大國，所以不太可能輕易地跟一個核武大國開戰；反過來，站在中國的立場，難道願意輕易地跟一個核武大國美國開戰嗎？如果你今天打美國的話，最後的結果可能就是亡國啊。日本其實也是同理。所以我覺得戰爭會不會擴大？形態會怎麼樣？其實取決於「中國」，如果你一開始，就把琉球打了，日本他不打也得打啊。所以我覺得形態大致上是這樣。

矢　板：我一直講台海戰爭，現在就是中國要不要打的問題。至於中國要不要打，我常講中國就是常說三句話：「第一個，動機強烈，非常想打；第二個，

82　**金燦榮**（1962 年－），生於湖北武漢，中華人民共和國政治學家、美國問題專家，中國人民大學國際關係學院副院長、教授，被中國網民稱為「國師」。

能力不足，打不過；第三個，後果嚴重，打完以後自己沒有辦法承受這個結果。」這個狀況一直沒有改變，就是說，從毛澤東開始，大家盤算一下，打完以後打不過，後果嚴重不合適嘛，除非頭殼壞掉才會打。

結果現在上來一個真的腦袋殼壞掉的傢伙，所以大家開始擔心了。過去如果出於理性判斷是不會打的，現在一看中共領導就非理性，就是說習近平有可能做出非理性判斷，所以大家緊張嘛，因為過去透露出來的就是一直以來的三句話，但現在有了變數。那麼中國什麼時候想打台灣？他一直想打嘛。

我過去在北京的時候，採訪過一個退休的解放軍高官，他說的我覺得蠻有道理。他說：「現在打台灣時機不成熟，那什麼時候成熟呢？成熟需要有三個條件，第一個條件就是在軍事實力上可以輾壓台灣，可以短期結束亂鬥。第二個條件是美國因某種原因已經確定不參戰，就是美國或者出來一個親中政權、或者美國發生內戰、或者美國被捲入別的戰爭啊，使得美國確定不能參戰，這是第二個條件。第三個條件，台灣發生巨大的內亂，變成無政府狀態。」

喬伊斯：所以需要有條件來打。

矢　板：「這三個條件取其二，就是有兩個是滿足的，中國就可以打下去，就開始打仗了。」我當時聽了覺得這是很合理的，但是問題是，現在這三個條件都不滿足嘛，對不對？現在大家擔心的是什麼？擔心的是習近平身邊有一群說吉祥話的小人，天天騙他，他被自己的大外宣騙了之後呢，他以為條件成熟了，這是最恐怖的。

所以說，現在不管是拜登講了四次要介入，或是日本安倍說的「台灣有事，日本有事」，其實他們都不想打，就是放話嘛，就是告訴習近平，千萬別被你周圍的這幫人騙了，你要打我們一定會介入。

其實真介入、不介入還未可知，就以「台灣有事，日本有事」的說法來分析，這話根本不現實，日本在法律上、在政治上根本都沒有相關文件，所以就是放話嘛。現在美國也是天天在放話說中國要打台灣，一會兒二〇二五，一會兒二〇二六、二〇二七，一會兒又二〇三〇……你們統一一個說法，再說出來好不好？每天放的話不一樣，對不對？二〇二五跟二〇二六有差嗎？所以這是什麼，這就是恫嚇你中國，你敢動，我們也有準備。我覺得這兩個例子就是日本、美國透過放話，讓中國不敢輕舉妄動。

李志德：美中關係在最近的所謂緩和，事實上是中國被實力嚇退的。就是說，當美國在不知道自己要不要介入的時候，中國就有恃無恐、不斷地不斷地進逼。但是當美國人真的公開說，在任何的場合，我不惜「講錯話」都要告訴你，中國攻打台灣我一定參加，而且我一定在！中共就縮回去了。中共的行為有的時候很單純，他就是認實力，你拳頭比我大，我就怕你，我就跟你服軟。

菲　爾：這就是雙方互相叫陣不是嗎？問題是如果真的發生戰爭，美國會不會介入提供軍備給台灣，我認為絕對會，毫無疑問。

有兩個原因。第一個是要阻止中國的擴張主義。要知道每個人都在擔心南海問題，這個問題已經持續了幾十年了，還一直在進行。如果中國又拿出另一張帶有虛線（九段線）的紙說「哦，這也是一份歷史文件」，那麼整個事情又開始了。印度和中國邊境也有些國界爭端，在那裡還是持續有零星的戰事。

中國的下一步是什麼？如果他們拿下台灣，接下來他們也可能會看看南中國海、日本群島、台灣附近的列島，覺得其中有一塊也是他們的。如果可以拿下台灣，就像找到了一點理由支持自己：「我們現在可以繼續這麼做。」然後印度也會有問題，因為他們邊境上的問題很明顯，包括喀什米爾等地區，中國和印度之間有不少領土爭議。在中國的擴張主義之下，存在著許多懸而未決的問題。

另一個重要原因是，我認為美國和西方從一九七〇年代的石油危機中吸取了教訓，石油輸出國家組織（OPEC）[83]幫助阿拉伯國家，而阿拉伯國家幫助西方勒索石油供應，油價飆升到天價，造成一九七四年整個歐洲和美國嚴重的經濟大蕭條。隨後我們看到在中東發生了兩場戰爭，因為美國需要強烈保護石油利益。但是現在美國因為頁岩油「壓裂」技術成熟，再次成為石油出口國，它可以放鬆對中東的控制，而石油輸出國家組織現在也不再那麼重要了。

現在是半導體的時代，台灣擁有晶片半導體和台積電，如果中國控制了台積電，它就可以用晶片要挾控制世界，那是很危險的。如果中國對台灣進行封鎖，擾亂台積電的運作及運輸、干擾從台積電到世界的半導體流動，世界經濟很快就會受到影響，就像能源一樣。正如之前的中東危機一樣，當時美國為了石油而行動，我認為他們對半導體也沒有選擇。如果世界60％的晶片和90％的高端半導體庫存受到威脅，會對供應鏈產生影響，晶片短缺，人們買不到汽車，買不到洗衣機，買不到任何需要晶片的東西，這會有巨大的連鎖反應，就像新冠病毒導致的供應鏈問題一樣。所以任何對台灣的入侵或封鎖，美國都必須站出來，否則世界經濟將受到影響。

矢　板：我認為就封鎖而言，因為中國封鎖台灣的話，現在很多統派都有講：「不用打台灣，海峽封鎖起來，不讓船進來，不讓飛機進來，這就沒問題。」但是這個不可能，因為封鎖台灣海峽的話，從歷史上來看，這麼大的封鎖，從來沒有成功過。另外一個，中國如果打台灣，一定要短期決戰，在國際社會反應過來、在自己的負面結果發酵引發各種制裁開始之前就得先解決，如果能逼使台灣立刻投降，也就可以輕易解決。

一旦封鎖的話，那就是長期戰，人不會馬上餓死，一定要費很長的時間。不只幾個月，可能長達半年、一年以上。中國只要一封鎖，馬上國際社會

83 **石油輸出國家組織**（Organization of the Petroleum Exporting Countries，簡稱 OPEC），成立於一九六〇年，總部位於奧地利維也納。OPEC 是由十三個主要石油出口國組成的國際組織，旨在協調和統一成員國的石油產量和銷售政策，以維護國際石油市場的穩定性和成員國的經濟利益。OPEC 成員國目前包括阿爾及利亞、安哥拉、伊朗、伊拉克、科威特、利比亞、奈及利亞、剛果共和國、沙烏地阿拉伯、聖文森及格瑞那丁、阿拉伯聯合大公國和委內瑞拉。

就是反封鎖，反封鎖以後，中國的沿岸港口也進不了東西了。原物料、商品無法進口，這對中國來說相當嚴重，他可是要養活十四億人的。

當然台灣如果被封鎖，股票、房地產會跌，這是沒有辦法的。但是台灣即使被封鎖，每個人最基本的生活，國際一定會支援的。世界各國就算不參戰，我送台灣吃的總可以了吧？當年冷戰期間發生柏林封鎖，美國為首的盟國就空投物資支援過。所以說只要國際社會支援，台灣人總餓不死吧。長期封鎖下去的話，中國有十四億人要吃飯，他要不停用假話去宣傳「勝利在望」，但是人民還是吃不到飯啊。再加上港口封鎖，整個經濟將會全面停滯。在這種情況之下，我覺得這個封鎖是假的，中國絕對不敢玩這麼大，應該也沒有這樣的賭徒。

菲　爾：是的，沒錯。如果中國真的入侵台灣，日本會嚇壞的。它一定會希望美國介入並且採取行動，我認為美國別無選擇。

李志德：封鎖，不是一個可以持續的狀態。今天一旦封鎖發生之後，大家就會想要突破。台灣想要突破，那中國就打台灣；但是如果日本想要突破，那中國要打日本嗎？美國想要突破，中國要打美國嗎？中國只要打下去，就是跟日美開戰，接下來就不是封鎖，而是交戰了。

喬伊斯：這就是我們下一本要談的主題，也就是「認知作戰」。我們認為，封鎖是這麼不可能的事情，但是為什麼有那麼多的台灣人認為這是可能的事情？所以下一本的問題可能沒有這麼的嚴肅，我們來講一些中國軟實力，還有媒體、認知作戰等等。

30. 怎麼看英國情報首長弗萊明警告「中國控制論」和馬斯克的「台灣特區」論？

喬伊斯：最後我們來談談英國的情報機構「政府通信總部」（GCHQ）[84]主任傑里米．弗萊明（Jeremy Fleming）[85]講的這件事情：《彭博社》報導英國情報首長弗萊明警告，中國政府正利用金融和科學力量，操控具有戰略意義的技術，以此控制企業和人民。[86]還有伊隆．馬斯克（Elon Musk）[87]講到台灣特區的言論。

我的感覺是，馬斯克也許是一個成功的商業人士，但是從他一些關於商業天馬行空的發言，我覺得他也是挺笨的一個人。他說到他根本不懂的台灣特區這件事，但因為跟台灣有關，因為他是馬斯克，台灣內部一窩蜂去討論這個問題，好像他的發言會影響到台灣。

你們怎麼樣看這個現象？以前者來說，英國這個情報機構首長的發言，當然他是因為有情報，認真研究這個現象並做了分析，這是值得討論的。

但是就後者而言，我不知道你們覺得怎麼樣？馬斯克我認為他根本不懂，但還是引起討論。把國外提及台灣的一件事變得非常大，卻沒有去考慮是不是真的值得我們認真地去討論，這個現象也蠻常出現。

矢　板：我覺得這當然是台灣問題很複雜，做為外國人的話，沒有很深的知識，很

---

84 **政府通信總部**（Government Communications Headquarters，縮寫為 GCHQ），是英國情報機構和國家安全機關，向外交大臣負責，惟不隸屬於英國外交部。和英國安全局、秘密情報局一同受到聯合情報委員會的領導。主要職責是向英國政府和英軍提供訊號情報和資訊保障。

85 **傑里米・弗萊明**爵士（Sir Jeremy Fleming），又譯為**傅烈明**爵士，是英國情報、網路和安全機構——政府通信總部的主管。他於二〇一七年被任命，是第十六位擔任該職位的人。

86 「**中國科技威脅國家安全**」論，是英國情報機關首長弗萊明爵士於二〇二二年十月十一日在英國皇家三軍研究所（Royal United Services Institute）發表週年安全演講時表示，中國正刻意、耐心地「透過塑造世界科技生態」，著手獲取「戰略優勢」。他提出警告，中國透過向世界各地出口科技，尋求建立「附庸經濟與政府」，而這些國家在以「隱藏成本」吸納中國科技的過程中，蒙受著「抵押未來」的風險。全文請參見：https://rusi.org/news-and-comment/in-the-news/gchq-chief-sir-jeremy-fleming-we-must-tackle-chinas-plans-cripple-satellites。

87 **伊隆・馬斯克**（Elon Musk，1971－），曾取漢名**馬誼郎**於台灣作公司登記之用，是一名企業家、美國工程院院士。他是 SpaceX 創始人、首席工程師，特斯拉投資人、執行長、前董事長，無聊公司創始人，Neuralink、OpenAI 聯合創始人，同時也是 Twitter 的執行長。

難了解台灣那種非常非常細膩的情感時，往往會下一個比較簡單、粗暴的結論。

比如說，我過去在東京當編輯的時候，英國正在脫歐，我們平常處理相關新聞時就會說：「不知道這些人在吵什麼，到底你是想脫歐，還是不想脫歐？」天天在那兒不停地掙扎、不停地扭曲，一會兒要，一會兒不要，我們就看不懂啊。心裡很常想說：「你要脫，就快點，不脫就不脫嘛。不要這樣反反覆覆讓我們天天同樣的稿子寫個不停！」我想我們可能沒有設身處地站在英國人的想法，對不對？覺得不知道英國人想要什麼。我認為可能馬斯克看台灣也是如此：「到底你們想要什麼？要獨立就獨立，不想獨立就不獨立，統一嘛，對不對？那我來給你出個主意。」外人會把這個問題簡單化，有點像是這樣子。

李志德：英國是這樣，弗萊明之所以講到中國的科技威脅國家安全，他其實看到了中國透過向世界各地出口科技，來建立「附庸經濟與政府」。台灣應該是要看得最清楚，因為我們首先受害。

中國在網際網路平台經商的模式，就是因為有一個防火牆加上很大的市場，所以他就把自己的市場圈起來，然後在這個市場裡面，把自己養大了。當然本身也要有一定程度的優越性，比如說有阿里巴巴、抖音……然後在幾乎沒有競爭的特許條件下養大之後，開始跑到外頭去，到華爾街去集資、到香港去集資。英國看到了這個趨勢，所以引發後來大家認為你在網際網路上進行不公平貿易。就是說，我進不去，但是你卻可以出來。台灣首先就碰到這個問題。

台灣特區這個事情就是這樣，因為兩岸語境和表達的方式其實非常幽微，我們有一個同事前一陣子寫一篇文章，大概用一千字的篇幅去解釋什麼叫做「一中原則」（One-China principle），什麼叫「一中政策」（One-China policy）。[88]

現在只有中國會強調，或者是白俄羅斯、北韓、俄羅斯這些國家才會去認同「一中原則」，因為 One-China principle 只有三句話：「台灣是中國不可分割的一部分。世界上只有一個中國。中國是唯一合法政府。」是非常嚴格的。

但是其他的國家，包括日本和西方，為了要跟中國打交道，那他也要去表態，但這些表態中是留有餘地的，這個叫做政策（policy），譬如說美國的 policy 裡面就有好多內容：有「六項保證」[89]、有「三份公報」[90]、有各種的政策文件，包括日本也是。就是說，今天我「認知」（acknowledge）到你講的東西，但是我不見得「承認」（recognize）。我跟台灣還有各種其他的餘地、各種其他的關係。除非你是經常性、長年處理這一類新聞的人或者是學者，否則的話，就把馬斯克的言論當作隨口說說，因為知道他其實也搞不清楚。

菲　爾：馬斯克經營一家汽車公司，美國政府也資助了他大量資金，因為在某種程度上他符合了美國的遠大計劃。不過他把推特經營得非常糟糕，損失了一大筆錢。他承諾推出的新產品從未實現，例如全電動貨客兩用車和超快速列車，這些承諾都沒有實現。這傢伙做事其實很糟糕。

他顯然想在業務方面涉足中國，這說明了為什麼他要評論台灣。他有自身利益的考慮是很明顯的，而且很多時候他只是在對任何事情大發議論。但

---

88 關於「**一中原則**」（One-China principle）與「**一中政策**」（One-China policy），根據《自由亞洲電台》亞洲事實查核實驗室（**Asia Fact Check Lab**）在〈事實查核：和蔡英文通電話，捷克準總統違背了「一中原則」的政治承諾？〉一文中報導，比較了各國對「一個中國」的不同表述，並點明美國與歐盟的「一中政策」與中國的「一中原則」立場明顯不同。詳請請參閱：https://www.rfa.org/cantonese/news/factcheck/onechina-02152023082542.html。

89 **六項保證**（**Six Assurances**），是美國對台灣關係的指引規範，是美國政府對於一九八二年《八一七公報》內容的單方面澄清，並對台美國會雙方面提出保證，雖然美國先前已經與中華人民共和國建立正式外交關係，但對台灣的承諾不變。二〇一六年美國參眾兩院通過共同決議案，肯定〈六項保證〉與《台灣關係法》皆是台美關係的指引方針，是美國一個中國政策的基石之一。《二〇一八年亞洲再保證倡議法》重申依台灣關係法、中美三個聯合公報及六項保證實現美國對台灣的承諾。六項保證相關解密電報可參閱：https://www.ait.org.tw/zhtw/tag/six-assurances-zhtw/。

90 **三個公報**（Three Joint Communiqués），是指中華人民共和國政府與美國政府共同對外發表的三個外交聲明的合稱，包括了《**上海公報**》（1972/2/28）、《**中美建交公報**》（1979/1/1）和《**八一七公報**》（1982/8/17）。這三個公報是中美在冷戰時期開啟對話和關係正常化的重要基礎，其中有關台灣問題的部分在今天的重要性則更為顯現。

是我認為，關於馬斯克所作的任何預測，你都可以完全直接跳過不予理會。不要認為他夠聰明，有足夠的智慧，他絕對不是這樣的人。即使他看起來好像知道目前的情況，但實際上他不清楚。

馬斯克的假象一直被曝光，成為一天比一天更糟的失敗者，然後人們提到他的時候只會說：「哦，那個馬斯克啊！」以為他是某種天才嗎？他絕對不是。我想他對台灣的評論，你可以完全無視。

＊更多關於媒體的精彩討論，請見《三大總編來開講：矢板明夫×李志德×孟買春秋菲爾・史密斯──認知戰下的台灣：寫給新世代台灣人的備忘錄》。

三大總編來開講：
矢板明夫 × 李志德 × 孟買春秋菲爾・史密斯
2024不祇是選總統：你的一票決定台灣未來一百年！

對　　談／矢板明夫、李志德、孟買春秋菲爾・史密斯
主　　持／孟買春秋喬伊斯
策劃主編／玉山社編輯部
副總編輯／蔡明雲
行銷企劃／黃毓純
業務行政／李偉鳳
封面設計／萬勝安
內文排版／菩薩蠻電腦科技有限公司

發 行 人／魏淑貞
特別助理／鄭凱榕
出版發行／玉山社出版事業股份有限公司
地　　址／106060 台北市大安區仁愛路四段 145 號 3 樓之 2
電　　話／(02) 27753736
傳　　真／(02) 27753776
郵　　撥／18699799 玉山社出版事業股份有限公司

法律顧問／魏千峯律師
初版一刷／2023 年 7 月
定　　價／320 元
I S B N／978-986-294-346-5

玉山社／星月書房
service@tipi.com.tw ｜ https://www.tipi.com.tw

國家圖書館出版品（CIP）預行編目資料

三大總編來開講：矢板明夫X李志德X孟買春秋菲爾・史密斯：
2024不祇是選總統：你的一票決定台灣未來一百年！/矢板明夫，李志德，菲爾・史密斯對談；玉山社編輯部策劃主編. -- 初版. -- 臺北市：玉山社出版事業股份有限公司, 2023.07

面；14.8X21.0　公分

ISBN 978-986-294-346-5(平裝)

1.CST: 新聞報導 2.CST: 新聞評論 3.CST: 言論集

895.3　　112005475